アルタッドに捧ぐ

金子薫
Kaneko Kaoru

河出書房新社

アルタッドに捧ぐ

第一章

結末を決めてから書き始めたわけではなかったが、本間にとってモイパラシアとは、その純粋さが昂じて死に魅《み》せられることはあっても、必ずや生の側に踏みとどまり、何があろうと懸命に生きてゆくことを望むような少年であった。

ところが、かつて本間がその身に命を吹き込んだモイパラシアは、ソナスィクセム砂漠の南西部を走る貨物列車に轢《ひ》かれ、いまや、ずたずたの轢《れき》死体と成り果てた。おそらくは線路に飛び込んだか、あるいは横になり列車が来るのを待っていたのであろう。原稿用紙の上には、列車によって切断されたと思われる少年の左腕が、無造作に投げ出されていた。切断面からは黒インクが血液の如く流れ続けており、もはや執筆など続けられる状態ではなかった。

無論、これまでにも作中で登場人物が死ぬことはあったが、彼らのほとんどはストーリーの都合上、あらかじめ死ぬことを運命づけられていた者たちであり、そうでなくとも、作者である本間のコントロール下にあり、その死は物語の進行と共に緩《ゆる》やかに決定していくのが常であった。しかし、モイパラシアの場合はそうではなかった。モイパラシアは、あらかじめ用意されていた筋書きから逸脱し、作者の与《あずか》り知らぬところに身を潜《ひそ》めていたのである。本間は、作中で少年の死体が発見された今日この日まで、少年が死を選ぶなど、露《つゆ》ほども考えてはいなかった。モイパラシアの死は預言されざる死であり、物語はすっかり行き先を失ってしまった。彼の綴《つづ》っていた物語はモイパラシアの視点から書かれていたため、これより先に進むことは不可能であった。

モイパラシアの左腕を原稿用紙で包みながら、本間は少年の死について考えていた。夜には満天の星々が、砂の上で眠るすべての命を見守っていてくれる、ソナスィクセム砂漠の只中で、なぜモイパラシアは死の誘惑に屈してしまったのであろうか。本間には、モイパラシアがアロポポルの世話を放棄して自ら死を選ぶなどとは到底思えなかった。

アロポポルとはソナスィクセム砂漠原産のサボテンであり、「アロポポル」という名前は、セツア語で「石柱」を意味する「アロフポフポル」という言葉を語源としていた。小説の主人公であったモイパラシアは、このサボテンを世話し、保護することを使命としている、エニマリオ族の少年であった。アロポポルは「石柱」という名の通り、柱のような形状のサボテンであり、その生長は極めて早く、一年足らずで高さ一メートル半に達するものも見られる。

白人たちによるアロポポルの乱獲が激しく、エニマリオ族はアロポポルを守るために武器を取ることもあった。まだ幼いモイパラシアであったが、戦《いくさ》に参加したことは幾度もあった。銃器の数は限られていたので、モイパラシアが持たされていたのは、毒草であるロクリット――羽状の葉をつけ、筒状の白い花を春に咲かせる、冬型一年草――の葉から抽出された毒を用いた、小さな弓矢であった。生前、モイパラシアはこの毒矢を使って四人の白人を殺したことがあった。矢に塗られたロクリットの毒が体内に入ると、顔の神経が冒《おか》され、人間の顔つきとは思えないような表情を浮かべながら死ぬことになる。その光景が怖くて仕方がなかったモイパラシアは、矢が敵に当たったことを確認する前に、すぐさま顔を背けてしまうのであった。

白人たちがエニマリオ族の居住区域までアロポポルを奪いに来るのは、アロポポルの含有するエニマリィという催幻覚性成分を求めてのことであった。エニマリオ族は儀式の際、神々との合一のヴィジョンをもたらす霊薬としてアロポポルを用いる。十九世紀末にイギリスの文化人類学者によってその風習は発見され、その後、ベルギーの化学者がアロポポルから幻覚成分を単離することに成功した。そして、その成分はエニマリオ族の名に因《ちな》んでエニマリィと名づけられたのである。

儀式を始める前に、エニマリオ族は輪切りにしたアロポポルを煙で燻《いぶ》し、それを切り分けたものをよく嚙んで食べるのであるが、燻したアロポポルはサボテンとは思えないほどに、言うなれば果物のように甘いため、食べ過ぎないように注意しなくてはならない。エニマリィそのものに致死性はないものの、食べ過ぎれば、それだけ精神にかかる負荷も大きくなり、錯乱《さくらん》を引き起こすこともあるからである。

ドラッグ体験を求めてアロポポルを口にする白人たちとは異なり、エニマリオ族の儀式においては、酋長《しゅうちょう》によって手渡された分量以上のアロポポルを口にしてはならないという決まりがあるため、そうした事故が起こることはまずない。酋長は儀式に臨《のぞ》む者の年齢、性別、体格、その日の体調、精神状態、および持病の有無などを考慮した上で、その者にとって最適と思われる量のアロポポルを手渡すのである。

さて、本間は、モイパラシアの左腕を庭に埋めることにした。モイパラシアに対して彼が抱いていた、エニマリオ族のなかで誰よりも純真で、子供らしくのびのびと生きていた少年、という印象はとうに消え失せていた。彼は少年の左腕を抱えて玄関に立ち、蛍光灯の光に照らされながら、自分のからだを伝って床に流れていく血液の感触、切り口から流れるインクの冷たさを、肌で感じていた。

庭に出ると本間は石南花《しゃくなげ》の木の下にスコップで穴を掘った。それから、褐色の左腕を穴の底にそっと置いた。まるで布団でもかけてやるかのようにして、物語を綴っていた百枚ほどの原稿用紙で小さな左腕を覆ったあと、彼は、少年の腕から流れ続けるインクが原稿用紙に染み渡っていく様子を、少しのあいだ見つめていた。

感傷を断ち切り、左腕に土をかけようとしたとき、本間は、穴の底で原稿用紙がかさかさと鳴るのを聞いた。何だろうと思い、目を凝《こ》らしてみると、それが二十センチほどの大きさのトカゲであることが分かった。彼はすぐにトカゲを掬《すく》い上げ、「アルタッド、よく出てきたなあ」と声をかけた。

くしゃくしゃになった原稿用紙のなかから姿を現したのは、ソナスィクセムハナトカゲのアルタッドであった。ソナスィクセムハナトカゲは、ソナスィクセム砂漠に生息するトカゲであり、オスの最大全長は七十二センチにも及ぶ。成体のオスは頭頂部に赤い斑点のある鶏冠《とさか》――これはクレストと呼ばれる、たてがみ状に発達した鱗《うろこ》である――を持っている。雑食性のトカゲであり、主食はアテカサバクバッタなどの昆虫であるが、植物から果物まで幅広く食べることもその特徴の一つである。

ソナスィクセムハナトカゲのオスには、繁殖期になると、メスに求愛するためにアロポポルの花粉で頭部を飾り立てる習性があり、ハナトカゲという名前はこの習性からつけられたものであった。花粉によるクレストの色の変化はもちろんのこと、アロポポルの花が発する強烈な甘い香りもまたオスたちの求めるものであり、ソナスィクセム砂漠では春から夏にかけて、アロポポルにこぞってよじ登り、頂部の花を目指すトカゲたちの姿が見られる。

本間が手に握っているソナスィクセムハナトカゲの幼体、アルタッドは、作中でモイパラシアが飼育していたトカゲであった。アルタッドという名前もモイパラシアがつけたものであり、エニマリオ族のなかではまだ幼く、なかなか大人たちの輪に交ぜてもらえなかったモイパラシアが、寂しさを紛《まぎ》らわせるために飼い始めたトカゲ、それがアルタッドであった。

アルタッドのからだは、モイパラシアの左腕から流れていたインクに染まり、黒くなっていた。どうやら眠いようで、アルタッドは頻繁に瞼《まぶた》を閉じるのであるが、そのたびに何かを思い出したかのように目を見開き、辺りの様子をきょろきょろと窺《うかが》うのであった。おそらくは慣れない環境のせいであろう、そう考えた本間は、アルタッドが安心して眠れる場所を用意してやろうと思い、片手にアルタッドを持ったまま、もう片方の手でスコップを握り、少年の左腕に優しく土をかけた。

手頃な大きさの石を選び、墓石として立てると、本間は墓前で手を合わせた。程なくしてアルタッドが手のなかで暴れ始めたため、黙禱《もくとう》は中断された。アルタッドの顎《あご》の下をさすりながら家に戻ると、階段を上がって寝室に向かい、自分のベッドの横にアルタッドの寝床を拵《こしら》えることにした。

モイパラシアも不思議なトカゲを残していったものだ、そう思いながら、本間は衣装ケースの底に薄い毛布を敷き、そこにアルタッドを横たえ、毛布の余った部分でからだを覆ってやった。変温動物であるアルタッドのために、毛布の上からはスタンドライトの光を照射し、夜の間に体温が下がりすぎないようにした。

毛布をかけられた直後は、じたばたと身をよじらせたものの、暗くなったことに安心したのか、アルタッドはすぐに大人しくなった。本間は、モイパラシアの物語を書きながら聴いていた、ソニー・シャーロックと彼の妻、リンダ・シャーロックの演奏する『バイレロ』をかけた。この曲はもともとオーヴェルニュ地方の民謡であるが、本間が聴いていたのはフリージャズのギタリストであるソニー・シャーロックがアレンジし、妻のリンダが歌唱したものであった。録音は一九六九年の五月十六日にニューヨークで行われたのであるが、五月十六日は本間の誕生日でもあったため、『バイレロ』は彼にとって特別な曲となっていた。それは歓喜の象徴とでも言うべき曲であった。

昇りきった噴水の水が落ちてくるかのようにして、デイヴ・バレルのピアノの音が部屋に降り注いだ。本間はベッドに潜り込み、瞼の裏側に、毛布を通して入ってくる淡い光を感じていた。リンダ・シャーロックの溶けてしまいそうな歌声が、ピアノの音と戯《たわむ》れている。彼女のソプラノはどんなに甘美で移ろいやすく聞こえようとも、その艶《つや》のある力強さを失うことはない。とろけるような歌声が上へ上へと昇りゆくのに対して、下方で乱打されるミルフォード・グレイヴスのドラムスは、地表を砕き、大地の表情をより豊かなものへと変えていく。

『バイレロ』の旋律《せんりつ》は夢心地の本間をさらに遠くへと運んでいく。彼が身を横たえていたベッドは小舟と化し、ゆっくりと岸辺を離れ、暖かな海面を滑っていく。本間はベッドの横に置かれた衣装ケースを引き寄せ、毛布のなかで身を縮めているアルタッドを抱き上げる。急に起こされたことにびっくりしたのであろう、アルタッドは大きく口を開いて威嚇《いかく》のポーズを見せたが、本間が鱗の向きに沿ってからだを撫でてやると、再び口を閉じ、落ち着いた様子で目を瞑《つぶ》った。一人の人間と一匹のトカゲを乗せた小舟は、大波をかき分けながら進んでいく。

ピアノの音が輪郭を失いながらぽろぽろと崩れていく。背景に退いたピアノと交替するようにして、ソニー・シャーロックのギターが入ってくる。熱を帯びたトレモロの音色が本間のからだを満たしていく。ギターの音は赤色の絵具のように曲中を塗り潰していき、流れ出すマグマのようなトレモロによって、楽曲全体が束ねられ、やがてそれは一つの大きなうねりとなる。

楽曲が終わりに近づくにつれて、ピアノの音はさざ波のように遠のいていった。そして、再びリピートされる冒頭部のピアノ、その最初の一音との間に広がる僅《わず》か数秒間の静寂のさなか、本間は自身の内奥に、作中でモイパラシアが、砂丘で拾った石のなかに感じていたような、強烈な熱の存在を感じる。

恍惚《こうこつ》のあたたかな感触が空気中に逃げてしまわないように、彼はアルタッドに熱を移そうとして、そのからだを両手で包みこんだ。彼は『バイレロ』がもたらす歓喜や陶酔のうちに、モイパラシアを死に導いた誘惑の力を垣間見たような気がした。歓喜と死の関係は、双生児の関係に似ているように思われた。それは、遠く離れているときにさえ、細かな所作《しょさ》のなかに互いの類似点が顕現《けんげん》しているような、そんな関係にあるのかもしれなかった。

歓喜によって上り詰めた先には、死が口を開いて待っているのだろうか。あるいは、歓びそのものが死への跳躍に転ずるのだろうか。本間は長いこと考えていたが、確かなことは分からなかった。

寝返りを打った際に潰《つぶ》してしまわないように、アルタッドを衣装ケースのなかに移すと、彼は音楽を止めた。『バイレロ』がもたらす陶酔は、眠りとは甚《はなは》だ相性の悪いものであった。もとより分かってはいるのであるが、それでも彼はこの曲を就寝前にかけることが多かった。音楽が鳴り止み、部屋を満たしていた熱と歓びが霧消し、今度は静寂と空虚が優勢になったことを確認すると、彼はベッドの上で胎児のようにからだを丸め、眠りの奥底へと沈んでいく姿勢を整えた。

ところで、眠りに関して言えば、爬虫類の眠りは旅を伴わない眠りであると言える。アルタッドの眠りは、熟睡と覚醒の両端しか持たない眠りであり、それは、茫漠《ぼうばく》とした中間領域の存在しない眠り、夢を持たない眠り、人間が置き去りにしてきた太古の眠りであった。眠りにおいて、アルタッドは煌《きら》めく水面へと浮かび上がることもなければ、光届かぬ水底へと沈んでいくこともない。表層にも深層にも身を移さず、その場で凍りつくようにして不動状態に陥る眠り。それは、唯一の持続に身を置き、大理石のように硬化する眠りであった。

眠りから目覚め、再び一つの人格として意識の表面へと浮かび上がっていくときに抱く、生誕をやり直しているかのような感覚――夜の領域で脱ぎ捨てた人格を再び拾い集め、習慣の衣服を着込むようにしながら上昇していく瞬間に抱く、あの再生の感覚を、アルタッドは知らなかった。

*

その夜、本間は夢を見る。

彼は果ての見えぬ砂漠にぽつねんと立っていて、足下を見ると、葡萄《ぶどう》色のサソリが、続いて針金のように細長いヘビが、彼の両足に関心を示すこともなく、どこか遠いところ、彼には見えないところを目指して這っていく。

彼もその跡を追って歩き続けた。砂の上を歩き続けた。とてつもなく長いあいだ、あるいはほんの数秒間、彼は歩いていたのであるが、ふと顔を上げると、目の前にはフーライチが立っていた。

次の瞬間には、フーライチは馬に跨《また》がっていて、もう一頭の馬に乗るように、本間に身振りで促《うなが》した。

本間はフーライチに勧められるがまま馬に跨がった。彼は手綱を握り、前を向いた。そして、ここがソナスィクセム砂漠であることを理解した。

本間が馬に跨がると、砂漠はその表情をがらりと変えた。砂漠の風景は、彼の眼前で一枚のパノラマ写真のようになっている。

彼は馬を駆り立て、前方に広がる世界へと切り込んでいく。遠くの山々に点在するサボテンが見える。岩肌をさっと逃げ去っていくトカゲたちが太陽の光を照り返す。アルタッドの仲間たちだろうか？　彼はぼんやりと考える。過ぎ去っていく風景のありとあらゆる細部が拡大される。スローモーション映像のように、風景はゆっくりゆっくりと後方に流れていく。

木々に実る果実の一粒ごとの色合い、小川の底に沈んでいる丸石のひんやりとした質感、何もかもが一度限りの煌びやかな表情を見せては、彼の視界から逃れ去っていく。

本間とフーライチ、二人の馬は砂漠の只中を走り続ける。集落はまだ見えてこない。本間は馬に揺られながら、日が暮れたら怖いなあ、と思う。

すると、たちまち日が暮れて、大小の砂丘も、砂漠を取り囲む山々も、目に映るものすべてが焼けつくような橙《だいだい》色に染まる。

馬で走り続けて三日ほど経った頃、フーライチは初めて口を開いた。

「弟はこの先にいる」

本間は返事をしなかった。

フーライチは再び口を開いた。

「弟はこの先にいると思う」

本間は、フーライチの言っていることは本当だと思った。

もう一度、フーライチが言った。

「弟がいるのは、おそらくこの先だ」

今度も、本間は、この人の言っていることは正しいと思った。

そして、フーライチがモイパラシアの兄であることを理解した。

それからさらに八日ほど馬に揺られた末、ようやく集落が見えてきた。集落は、砂漠を一部分だけ覆っている黄金色のカーペットのようだった。

本間はある小屋の前で馬を降りた。フーライチはすでにいなくなっていて、小屋のなかにはモイパラシアがいた。

モイパラシアが照れくさそうに言った。

「僕は死んでしまったね」

「どうして死んだりしたの？」

「列車だよ」

「どうしてまた列車なんかに」

「寝転んで星を見ていたからだよ」

「でも、どうして」

「それは分からないよ」

「星はどうだった？」

「綺麗だった」

「それはよかった」

「ところで、アルタッドのこと」

「大丈夫、預かるよ」

「頼んだからね」

「約束する」

「あと、この子のことも、お願いしていいかな」

モイパラシアが手渡したのは、アロポポルの幼苗《ようびょう》の鉢だった。

「水遣りには気をつけて」

そう言い残すと、モイパラシアはいなくなった。

＊

翌朝、本間は目覚めるとすぐに衣装ケースのなかを覗き込んだ。アルタッドが夜のうちに、あるいは朝早くに逃げ出したのではないかと思ったからである。

驚かさないように、そっと見てみると、アルタッドは毛布の下に潜り込み、後ろ足をぴんと伸ばして眠りこけていた。本間が覗き込んでいることに気がつくと、アルタッドは少し緊張した面持ちで彼のことを睨《にら》み上げたが、目覚めた直後であるためか、まだからだに力が入らないようで、動かずにその場でじっとしていた。本間は、体温を上げてやるために、スタンドライトの首を曲げてアルタッドの方へと近づけた。

カーテンを開けて庭を見下ろすと、石南花の木の傍につくったモイパラシアの墓が目に入った。そして、昨夜見た夢のことをぼんやりと思い出した。少年が死を選んだ理由はついに分からなかったことや、フーライチが道案内をしてくれたことなどは、おぼろげながらも思い出すことができた。フーライチをつくったのもやはり本間であり、フーライチはモイパラシアより八つ年上の兄という設定であった。本間は夢の内容を一通り思い出そうと努力したあとで、夢のなかのモイパラシアが左腕を失っていなかったことに安堵《あんど》した。

それから彼は、スタンドライトの光を浴びながらこちらの様子を用心深く窺っているアルタッドの姿を見て、夢のなかで、少年から、このトカゲの世話を任せられたことを思い出した。自分の食事を済ませたら、アルタッドの食事もどうにかしてやろうと考えた本間は、なかなか警戒を怠《おこた》らないアルタッドの尻尾《しっぽ》を指先でそっと撫でると、階段を下りていった。

彼の住んでいる家は天承寺駅から徒歩六分の距離にある一軒家であった。なぜ二十三歳の青年がこんなところに一人で住んでいるのかと言えば、二月の終わりに彼の祖父が世を去ったからであり、彼の父が土地を相続したものの、移り住む必要はまるでなく、されど空き家のまま放置するのも心配であったため、当面の間は彼を置いておくことにしたのである。

この春に大学を卒業した本間は、昨年度の大学院試験に失敗していたため、丸一年間の休暇をもらったかの如く時間を持て余していた。出版社でのアルバイトで生計を立てていたが、週に何度か出版社に足を運ぶ以外には、さしたる予定もなかった。彼は有り余る時間を利用して小説を書いていたのであるが、昨夜、モイパラシアの死を目《ま》の当たりにしたことで、それも終わりとなってしまった。

昨日までの彼は、それこそ取り憑かれでもしたかのように小説を書いていた。手の届く位置に水道水の入った二リットルのペットボトルを置き、大量の水を飲みながら原稿用紙に文章を書き連ねていた。水を飲めば飲むほどに考えることは透明になっていき、それだけいっそう、自分以外の何かが語りだす瞬間が生じやすくなると考えていたのである。毎朝五時に自然と目を覚まし、すぐさま書き物机に向かっていた。原稿用紙のみならず、ノートの切れ端、レシートの裏、それから机の表面など、手近な物のすべてに言葉を書き記していたため、彼の言葉は部屋中に散らばっていた。

そういうわけで、今日のように昼前に目を覚まし、少し遅めの朝食をとるようなことは、彼にとって久しぶりのことであった。昨日までの彼は、飢えの感覚さえもが心地良かったため、空腹を感じても水を飲むだけで済ませることが多かったくらいである。

ところで、本間の祖父についてであるが、彼もまた一風変わった人物であった。愛知県の漁村に生まれ、旧制中学を卒業した後は——二年生のときに新制へと変わったのであるが——、家業の魚屋を継ぐように言われていたにも拘《かか》わらず、どうしても魚の臭いが苦手であったため、家業を継ぎたくない一心から勉学に励《はげ》んだのである。

両親は高を括《くく》り大学受験を許可したが、祖父は新制となった直後の東京大学を受験し、合格してしまった。このときばかりは親戚一同も騒然としたという。そもそも彼が受験勉強をしていることすら知らなかった者も多く、親戚のうちの幾人かは、彼がすでに魚屋になっているとばかり思っていたため、ただただ混乱の深まる一方であった。

その後、祖父は機械工学を専攻した。卒業後はドイツでタービン発電機の設計に携わり、ドイツから帰国すると企業の開発部で燃料電池の開発に取り組んだ。「技術屋は儲からないが、魚に触らなくて済むのがいい」というのが彼の口癖であった。

祖父にまつわる逸話のなかでも、とりわけ本間が気に入っていたのはイタリア人との商談のエピソードであった。ドイツに滞在していた頃、彼の祖父はイタリア系の企業との商談に同席したことがあった。その際、自分も少しならイタリア語を話せるのだということを示そうとして、うろ覚えである上に歌詞の意味も分からないようなイタリア語の歌を歌ったところ、不運にもそれはファシスト党の党歌であり、その場が凍りついてしまった、という話である。

さて、朝食を済ませた本間は出かける準備を始めた。中馬町駅の近くに爬虫類の専門店があることを知っていたので、彼はそこでアルタッドの餌や飼育用品を買うつもりであった。アルタッドが逃げ出さないように、衣装ケースには蓋を斜《なな》めにして置いた。斜めにしたのは、ぴったり蓋を閉じてしまうと、アルタッドが酸欠になる恐れがあったからである。恨めしそうに見上げているアルタッドに「少し待っててね」と一声かけてから、彼は家を出た。

＊

天承寺駅から電車を乗り継ぎ、中馬町駅に着いた本間は、東口の階段を下り、さびれた商店街のアーケードを歩いていった。中馬町駅は、西口の方には商業施設が多く、常に人足が絶えないのに対して、東口から出ると、昼間だというのに半分以上の店がシャッターを下ろしている、物寂しい商店街の姿を目にすることとなる。

商店街を通り抜け、坂道を登った先に、目当ての爬虫類ショップはあった。ガラス戸を押して店内に入った本間は、あまりの暑さに、羽織《はお》っていたジャケットを脱いでしまった。店内に置かれている水槽には、それぞれ保温用のライトが取り付けられており、それが室温を大幅に上げていたのである。

店内には所狭しと水槽が並べられており、独特な愛嬌《あいきょう》のある爬虫類や両生類たちが、次から次へと視界に飛び込んでくる。喉が動いていなければ置物かと見紛《みまが》うような蛍光色のカエル、運良く絶滅を免《まぬか》れた、恐竜の幼体であるかのようなオオトカゲ、ごく稀《まれ》に水面に上がってきては鼻先を突き出して呼吸する、岩のような甲羅を持つカメ、眼球の代わりに硝子《ガラス》玉を嵌《は》め込まれているかのようなヤモリ。

本間は久しく忘れていた少年時代の出来事——おそらくこの出来事は、彼が小説にアルタッドというトカゲを登場させたことと関係があると思われる——を思い出した。

それは、彼がまだ八歳にも満たなかった頃の出来事だった。

友人の家から帰宅する途中、彼は路上に横たわるニホントカゲの死骸を目にしたのである。すでにそのからだは蟻たちによって食い荒らされ、あちこちに破れたような穴が穿《うが》たれていた。

しかし、そのからだは、頭部と胴体しかまともに残っていなかったからこそ、幼い本間の心を捉えて離さなかったのである。彼はまるで痺《しび》れてしまったかのように、その場を離れずに長いこと立ち尽くしていた。

金色の鱗によって覆われたニホンカナヘビのからだは、少年が庭先でよく目にしていた砂漠色のニホントカゲのからだとはまるで異なり、味わい深い光沢を帯びていた。それは濡れた金属のようなからだであり、原始の記憶を秘めているかのようなからだでもあった。

もしもあのニホントカゲが生きていたとしたら、やはり、あれほどまでには少年を魅了していなかったかもしれない。奇妙なことではあるが、もはやそれが生きてはいないということが、鈍い光を放ちながらも絶命しているトカゲに、新たな命を吹き込んでいたのである。ぽつぽつと群がる赤色の蟻たちの蠢《うごめ》きは、死骸に悲劇的なモチーフを添えていた。その光景は、美しく稀有《けう》である者が、数において勝る卑しい者たちによって汚されていく光景として、少年の目には映った。

この記憶が蘇ったとき、本間は、両者の姿形こそ異なれ、少年時代に目にしたニホントカゲの美しい死骸から、昨夜出会ったアルタッドへと、自分のなかで一本の線が結ばれるのを感じた。

＊

本間は店員に勧められるがまま、バスキングライト――飼育下で野生における日光浴を再現するためのライトで、ケージ内にとりわけ温度の高い箇所（ホットスポット）を設けることができる――、紫外線灯――店員によると、紫外線の骨代謝に関する働きは爬虫類にとってとりわけ重要で、ある波長の光を浴びなければ、いくら食物からビタミンD_3を摂取しても最終的にはくる病になってしまうという――、Lサイズのヨーロッパイエコオロギを五十四、それから、カルシウムとビタミンD_3の入った粉末状の栄養補助剤、等々、これらのものすべてを買って帰宅した。彼は、娘の喜ぶ顔見たさにプレゼントを買って帰ってきた、子煩悩《こぼんのう》な父親のような気持ちでアルタッドと対面したのである。

店員には、ソナスィクセム砂漠に生息するソナスィクセムハナトカゲを飼っていて、おそらく野生下ではアテカサバクバッタを食べていたはずである、などと説明できるはずもなく、本間は、知人から大した説明を受けることもなくトカゲを預かってしまったので、是非とも力を貸してほしい、と相談したのであるが、親切な店員は、外見上の特徴などをこと細かに聞いた上で、種類の判定こそ出来なかったものの――もとより判定など不可能であるが――、最適と思われるものを揃えてくれたのである。

買ってきたコオロギを六匹ほど別の容器に移すと、本間は上からカルシウムパウダーを振りかけた。そして、そのうちの一匹をつまんで、アルタッドのいる衣装ケースのなかに落としてみた。それまでじっとしていたアルタッドは、コオロギの姿を見るや否や飛んできて、目にも止まらぬスピードで食らいつく。続いて、二匹目、三匹目とコオロギを与えたのであるが、アルタッドは満腹など知らぬかのように次から次へと食らい続け、用意した六匹のカルシウムコオロギは瞬《また》く間にたいらげられてしまった。

本間は、むしゃむしゃと美味しそうにコオロギを食べるアルタッドの姿を見つめながら、自分の口のなかで唾液が分泌されるのを感じていた。彼は自分がトカゲになり、アルタッドの隣で一緒にコオロギを食べている姿を想像する。

彼のからだはみるみる小さくなり、皮膚および筋肉、そして骨という骨が収縮を繰り返し、両足で立っていることができないくらいに手足が短くなる。代わりに尾骨がぐいぐいと伸びていき、腰の皮膚を突き破り、トカゲの尻尾が形成される。色も形も意味を成さなくなり、だんだんと見えている世界までが変わっていく。彼はもう自分が何者で、周囲の世界がその瞬間に何を意味しているのか分からない。視界にある事物は競うようにして名前のもとから逃れ去っていき、一切は解読することのできない謎、解読する必要のない謎へと変わっていく。理解することは重要でなく、ただ感知するだけでよかった。きめ細かな人間の皮膚は、一枚ごとにそれぞれ微妙に色合いの異なる、無数の鱗へと分かれていく。

そうして出来上がった本間のからだは、なかなかの出来映えであった。背骨の隆起の様子や、頭部から尻尾の方へ、そして脚の付け根から指先の方へと流れていく鱗の向きまでが、しっかりと再現されていた。

それから彼は、しばらく床の上を這い回っていたのであるが、彼の空想はアルタッドの繰り返すジャンプの音によって水を掛けられてしまった。我に返った彼は、自分のからだが人間のからだのままであることに、少しだけ安心した。

餌をせがんで跳《は》ね続けているアルタッドの姿を見て、彼は微笑んだ。

＊

本間がアルタッドを預かってから十日が過ぎた。

この十日間で目に見えて変わったことがあるとすれば、それはアルタッドの飼育環境であった。本間は大型のケージを購入し、そこにバスキングライトと紫外線灯を取りつけていた。彼が家にいる間はほとんど放し飼い同然の状態であったが、アルタッドは用意されたケージのこともなかなか気に入っており、ケージのなかに置かれている、流木を模した止まり木にしがみついている姿がよく見られた。

餌の面でも、本間は様々な種類の野菜や果物をアルタッドに与え、食べるものと食べないものの一覧表を作ろうとしていた。次に列挙するのは、この十日間、アルタッドが口にしてきた食べものである。

昆虫

ヨーロッパイエコオロギ

―

野菜

ニンジン

ピーマン

ブロッコリー

サニーレタス

スイートコーン

―

果物

リンゴ

バナナ

ブルーベリー

アメリカンチェリー

――

アルタッドがコオロギと同じくらいに好んで食べたのはスイートコーンであった。本間がアルタッドに与えていたのは砂糖不使用のコーン缶であったが、成分表には食塩が使われている旨が明記されていたため、彼はコーンを入念に水で洗ってから与えていた。適量のコーンを手に取り、流れ落ちないように気をつけながら水道水でもみ洗いをする。それから、給餌《きゅうじ》の際に使っているプラスチック製のスプーンで、アルタッドの眼前へとコーンを運ぶ。

アルタッドがコーンを認識したかどうかは、瞳孔が縮瞳したかどうかで判断することができた。アルタッドの黒目は、目の前の食事にピントを合わせるために、きゅっと小さくなる。そして、口を開いたかと思うと、瞬く間に舌が伸び、コーンは一秒と経たぬうちに口のなかに連れ去られる。しゃきしゃきと音を立てながら何度か嚙むと、ぺろりと飲み込んでしまう。

さて、現在、本間はラーメン屋のカウンター席に座り、塩ラーメンを食べていた。彼は麺を啜《すす》り、時おりコップの水に手を伸ばした。そして、目の前のラーメンを通して、アルタッドの食事に思いを巡らせていた。塩ラーメンに添えられたコーンが、それを美味しそうに食べるアルタッドの姿を思い起こさせたのである。

本間が入ったラーメン屋は、アルバイトをしている出版社の近くにある店であり、昼の休憩時間になると、彼はよくこの店に来ていた。アルタッドを飼い始め、コーンを美味しそうに食べるトカゲの姿を見ているうちに、なぜだか彼までコーンを好きになり、この日も百円払ってトッピングしていたのである。

出版社でのアルバイトについてであるが、彼が働いていたのは女性向けファッション雑誌の編集部であり、そこで彼は三十歳前後の女性を対象にした雑誌の編集を手伝っていた。編集作業の補助とはいっても、彼が任されていたのは主に雑用のみであり、電話応対や、撮影に使った化粧品をメーカーに返却することなどが仕事の大半であった。

ファッション雑誌であるため、時には著名人にインタビューをすることもあった。そういう時には、本間は、新聞や雑誌の切り抜きが大量に収められている、地下の資料室に足を運ぶことになる。これは資料ピックアップと呼ばれている仕事で、インタビューするにあたって役立ちそうな記事、つまり、その人の生い立ちや内面が表れているような記事を探して来なくてはならない。

切り抜きの入った封筒は五十音順で人物ごとに収められているため、目当ての人物の記事を探し出すことは容易であったが、頻繁にインタビューを受けているような有名な女優の記事となると、封筒の数が三十や四十を超えることもあり、ひどく手間がかかるのであった。切り抜きのなかでも、生い立ちや内面が表れているような記事はごく稀で、番組宣伝のための短い記事や、ほとんど写真しか載っていないような記事、その他にも、大量に混入しているゴシップ記事などを注意深く取り除かなくてはならなかった。

仕事のことを思うと幾ばくかの憂鬱感を覚えずにはいられなかったが、食事を終えた本間は、店を出ると、通りを横切って出版社のビルに入っていった。

＊

アルタッドの世話とアルバイトを繰り返すうちに、二週間、三週間と、あっという間に時間は過ぎていった。本間は起床するとすぐにカーテンを開け、日光を取り込むことにしていた。それから彼は、ケージ内のバスキングライトを点灯し、アルタッドに朝が来たことを伝えるのであった。前の晩にかけた布団代わりの布切れをどかしてやると、アルタッドはぎろりと本間の顔を睨むのであるが、やがて「ああ、またこいつか」と安心したかのように、ぷいとそっぽを向いてしまう。アルタッドと共に朝の訪れを感じること、それが本間の一日のリズムを形成していた。そして、週に三度アルバイトに行くことによって、辛《かろ》うじて一週間における曜日の区別が存続していたのである。

モイパラシアが死んでからというもの、本間はまるで文章を書かなくなっていた。文章を書く代わりに、彼はアルタッドの世話を焼いたり、餌用コオロギの管理をしたりしながら一日を過ごしていた。窓辺で日を浴びるアルタッドの姿を飽きることなく見つめていることもあれば、肩にアルタッドを載せ、そのまま食事をとることもあった。

彼は時おり、アルタッドと酒を酌《く》み交わす場面さえ想像するのであった。

屋上のテラス席。丸テーブルを挟んで見つめ合う、本間とアルタッド。

アルタッドが言う。

「いつもおいしいコオロギをありがとう。だけどね、正直に言って、おいら、カルシウムパウダーの味が好きじゃないんだ。せっかくのコオロギが、ぱさぱさした舌触りで台無しになっちゃうよ。なあ、あの粉はどうしてもつけなくちゃだめなのか？」

本間はアルタッドのグラスにビールを注ぎながら答える。

「そういえば以前、粉をつけていないコオロギの直後に、こっそり裏側に粉をつけたコオロギをあげたら、ぺっと吐き出してしまったことがあったっけ。そんなに嫌なのかい、あの味は」

「できれば食べずに済ませたいね」

人間大のアルタッドは、爪でグラスの表面を引っ掻いている。

「そうかい。でも、あれはつけなきゃだめなんだよ。栄養の関係でね。きみだって病気をするのは嫌だろう？　我慢してくれないか。きみの意思は最大限に尊重したいのだけれど」

「それなら、粉をつけるコオロギの数を減らしてくれないか？　何も全部に振りかけることはないだろう。おいらはこの通り元気なんだからさ」

「よし、わかった。全部に振りかけるのはやめるよ。半分だけにする」

「有り難い。これで決まりだ」

本間とアルタッドは、同時にビールをぐいと飲む。


アルタッドとの生活は穏《おだ》やかなものでありながら、同時に刺激的なものでもあった。本間はアルタッドの一日の過ごし方に羨望《せんぼう》を覚えていたのである。アルタッドは、過去も未来も孕《はら》まない、濁りなき現在を生きているかのようであった。本間にはまるで想像もつかないような時間のなか、あるいは時間の彼方で、アルタッドはその身を硬直させ、時に恍惚として目を閉じた。日向ぼっこに耽《ふけ》り、光のなかで憩《いこ》い、ただその場で安らぐことができるということ。それは紛れもなくアルタッドの才能であった。

＊

モイパラシアの死から一ヶ月が経とうとしていた六月のある日、本間は、少年の左腕を埋めた石南花の木の根元から、サボテンの芽が生えているのを見つけた。黄緑色の芽は親指の爪ほどの大きさで、上から見ると六角形に近い形をしていた。

本間はその芽を見たときに奇妙な既視感を覚えたのであるが、時を移さず、彼の脳裏にはモイパラシアと夢のなかで交わした会話が蘇《よみがえ》ってきた。アルタッドの世話を頼まれたことしか覚えていなかったが、よく思い返してみると、少年からアロポポルの幼苗も手渡されていたのである。サボテンの芽を前にして、彼の頭のなかでは、少年の「水遣りには気をつけて」という言葉が繰り返されていた。

アロポポルの芽は小さいながらもすでに柱の形をしており、本間はそれがぐんぐんと生長することを見越して、近いうちに石南花の木から離れたところに植え直さなければならないと考えた。

家のなかに戻り、アルタッドのケージが置かれている部屋へと向かった。ケージ内を覗き込むと、アルタッドはいつもの止まり木にしがみつき、ライトの光でからだを温めていた。本間はアルタッドをそっとつかみ、肩に載せると、再び庭に出ていった。同じ砂漠の出身であるアロポポルの芽を見せてやりたかったのである。

彼はアロポポルの芽の近くにアルタッドを降ろした。アルタッドはアロポポルの芽を発見すると、コオロギを捕らえるときのような速さで走りだした。本間はアルタッドがアロポポルの芽を食べてしまうのではないかと心配した。幻覚成分を含有するアロポポルを、人間よりも遥かにからだの小さいトカゲが口にすれば、ひとたまりもないだろう、と彼は思った。しかし、アルタッドは舌をぺろりと出して、表皮を一舐めしただけであった。おそらくアルタッドは味見をするつもりで舐めたのではなく、それが間違いなくアロポポルであることを確認するために舌を使ったのであろう。

アルタッドはアロポポルの芽の周りをぐるぐると這い続け、決してそこから離れようとしなかった。部屋に連れて帰ろうと、手を差し伸べると、アルタッドは大きく口を開いて威嚇の構えをするのであった。ここ最近はアルタッドとの距離も縮まりつつあり、威嚇されることはほとんどなかったため、本間は突然の威嚇に驚きを隠せなかった。

アルタッドの威嚇は、自分の身を守るために行われたというよりも、明らかにアロポポルの芽を守るために行われたものであった。本間はアルタッドに触れようとしたのであるが、おそらくアルタッドは、本間の手の動きを、アロポポルに向けられたものであると判断したのであろう。

その瞬間、本間は初めてアルタッドの孤独を知ったのであった。飼い主であったモイパラシアが死に、本間に託されることになったアルタッド。彼の生まれたソナスィクセム砂漠はもはや存在しない。同種のトカゲも、餌にしていた昆虫も、砂も草木も、みなすべて、モイパラシアの左腕と共にこの石南花の木の下に埋められてしまったのである。

アロポポルの芽が生えていたのは、ちょうど少年の左腕と物語を書き綴った原稿用紙を埋めたところであった。アロポポルの芽はアルタッドにとって、言わばこの世界における、ただ一人の友達、あるいは、友達のいる世界と繋がっている唯一の存在であった。

仮に世界が滅亡したとしてみよう。核戦争で地球が粉々になったとまでは言わないものの、何らかの理由でありとあらゆる人間の社会、国家、文明が滅び、一切が海の底に沈んでしまったとする。そんなときに、奇跡的に二軒の家だけが難を逃れ、家ごとぷかぷか漂流しながらも、それぞれが奇跡的にそれなりの暮らしを営んでいたとしたら。さらには、その二つの家が電話で繫がっていて、どこの誰とも知らず、会ったことなど一度もないにも拘わらず、これまた奇跡的に互いの電話番号を知っていたとしたら。

助かった二人の人間——助かったのは二人だけだということにしておこう——は、明けても暮れても電話の前に座っていて、たとえ言葉など分からなくとも、信ずる宗教が違えども、受話器を片手に夢中で話し続けるであろう。彼らは互いに考えていることを伝え合おうとするであろう、意味など分からなくとも笑い合うであろう、悲しいときには慰め合うであろう、そして、一緒に歌を歌うであろう。

アルタッドとアロポポルの関係は、いま語ったような、奇跡に恵まれた二人の関係に似ていた。アルタッドとアロポポルを結んでいる絆は、助かった二人を取り結ぶ、電話回線のようなものであった。アルタッドにとってこの世界で自分と繫がっているものは、庭に生えてきたアロポポルの芽だけであった。

必死にアロポポルを守ろうとしているアルタッドの姿に心を打たれ、本間はアルタッドの気が済むまで待っていようと考えた。そうして彼は、芽の周辺を行ったり来たりするアルタッドの姿を、日が暮れるまで眺め続けることになったのである。

第二章

天承寺の境内には紫陽花園《あじさいえん》が設けられており、梅雨どきになると、そこには、紫、赤、白と、およそ四千株もの紫陽花が咲き誇る。六月から七月にかけて、本間は天承寺の境内を散策することを楽しみの一つにしていたが、瑞々《みずみず》しい紫陽花も徐々に散っていき、やがて、昼間からビールを飲み、夕食後の落ち着いた時間には冷えたシャンパンを飲みたくなるような、暑い夏がやって来た。

相変わらず単調な日々を過ごしていたが、アルタッドの成長ぶりには目をみはるものがあり、本間は現在の生活——週に三度のアルバイトと、アルタッドの世話以外には特に何もしておらず、大学院試験に向けて勉強することもなければ、新たに小説を書くこともない、一日一日が過去の方へと押し流され、気がつけば一週間が溶けているような生活――にも、まるで不満は感じていなかった。

むしろ彼は、アルタッドから目を離せないため、自分は忙しくて仕方がないのだ、と言い張りたいくらいであっただろう。同世代の友人はみな定職に就いているなか、彼の暮らしぶりなど、少しも忙しくないはずであるが、彼にとってアルタッドとの生活は、これまでには味わったことのないような充実感を与えてくれるものであった。

夏になり、気温が上がれば上がるほどにアルタッドの食欲は増していった。本間と出会った頃のアルタッドは、二十センチほどの大きさであったが、今では頭部から尻尾の先まで四十センチ弱あり、なかなか迫力のあるトカゲになっていた。かつては魚のヒレのようでかわいらしかった鶏冠も、大きくなり、赤の斑点の発色は一段と強くなっていた。

からだが大きくなったからといって気性が荒くなったわけではなく、むしろアルタッドは本間によく慣れ、彼の手から直接餌を食べるようになっていた。アルタッドは賢く、本間の指が餌ではないことをしっかりと認識していて、食いつけば本間の指まで一緒に噛みかねないようなものを食べるときには、それが目の前に置かれるまで、食べようとはしなかった。ただ、一つだけ困ったことがあり、それはアルタッドの鳥のように鋭い爪であった。からだと共に爪も成長を遂げており、アルタッドを手に載せて遊んでいると、本間の手の甲は生傷だらけになってしまうのであった。

天気の良い日には、太陽の光を浴びさせることも兼ねて、アルタッドを庭で散歩させたりもしたが、そういうとき、アルタッドは一目散にアロポポルの方に走っていくのであった。アルタッドと同様、アロポポルも急速に生長しており、すでに本間の膝下に達するほどに伸びていた。本間は一度、アロポポルを鉢植えにした――夢のなかでは鉢植えの形で託されたことと、アルタッドのケージの傍にアロポポルを置いておきたかったことがその理由であった――のであるが、生長が予想よりもずっと早かったため、そして日照不足の危惧もあって、今では再び庭に植え直されてあった。

アルタッドはアロポポルのてっぺんに登り、太陽の光を目一杯浴びると、決まって頭部をサボテンの頂に擦りつけ始めるのであった。たしかに、ソナスィクセムハナトカゲのオスには、繁殖期になるとアロポポルの頂部に登り、黄色の花粉で自身のクレストを飾り立てる習性があるが、庭のアロポポルは花など咲かせておらず、アルタッドもまだ子供であり――ソナスィクセムハナトカゲのオスはおよそ二歳で性成熟を遂げる――、メスに求愛するような時期ではない。おそらくは本能がそうさせるのであろう、アルタッドは、花の咲いていないアロポポルによじ登っては、懸命に鶏冠を擦りつけるのであった。

＊

ある日の夕方、本間は卯田駅で亜希と待ち合わせをしていた。

大学を卒業するとすぐに祖父の家で暮らし始めた本間であったが、友人の多くはすでに仕事に就いており、職場の人間と飲んでいたため、時間を持て余している割には誰かと外で酒を飲むような機会は少なかった。学生時代の恋人である亜希と一緒に酒を飲むのも、随分と久しぶりのことであった。

改札の前に立っている亜希の姿を見つけ、彼は少し離れたところから声をかけた。互いの距離を測るためにぎこちない挨拶が交わされるかと思われたが、そのようなことはなく、二人はいくつか言葉を交わすと駅の近くにあるダイニングバーに入っていった。

二人が入ったのは、当時よく飲みに来ていたバーだった。店内に設置された大型水槽が幻想的な雰囲気を演出しようと頑張ってくれているのであるが、「このムニエルはどの熱帯魚なんだろうね」などと、冗談めかしてひそひそと話したものであった。

親しくなり始めたばかりの頃、このバーで本間が「イタリア系企業との商談でファシスト党の党歌を歌ってしまった祖父」の話を披露したところ、亜希は「ハンガリーに消えてしまった兄」の物語を聞かせ、彼を大いに驚かせた。

大学を中退し、ジャズバンドでドラムを叩いていた亜希の兄は、亜希が高校一年生の頃、半ば失踪を遂げているのであった。ライブの打ち上げで泥酔し、帰りにタクシーの運転手と口論になった彼女の兄は、通報によって駆けつけた警察官を殴りつけ、留置場に入れられてしまった。彼が警察官を殴りつけたのは、鞄のなかを見せるよう要求された際に、警察官が彼の持ち歩く楽譜を揶揄《やゆ》したからであった。「おまえみたいな酔っぱらいにもジャズが分かるのか」という言葉に逆上し、手を出してしまったのである。その結果、彼は通例よりも随分と長く——おそらくは、不当な勾留《こうりゆう》であるとして、警察を相手に訴訟を行うことも可能であっただろう――、一ヶ月ものあいだ拘置所に勾留されることとなった。どうにか保釈請求が通り、拘置所を出るには出たのであるが、なんと彼は自宅には戻らず、その足でハンガリーに渡り、そのまま行方不明になってしまった。その翌年、亜希の家族は、ハンガリーから届いた葉書によって、彼が現地の女性と結婚したことを知ったのである。

喫煙席に座ると、本間はグラスワインの赤を、亜希はモスコミュールをそれぞれ注文した。本間と亜希、両者ともに煙草を吸わないにも拘わらず、なぜ二人が喫煙席に腰掛けているのかと言うと、それは禁煙席よりも喫煙席の方が水槽に近いからであった。二人は運ばれてきたばかりのグラスを手に取り、乾杯すると、横目で水槽の方を眺めながら口をつけた。それから、互いに近況報告をし始めた。

証券会社に就職した亜希は、毎日の忙しさや、彼女の感じている仕事のやりがいについて語り、亡き祖父の家でごろごろしている本間は、トカゲの世話の大変さや、物語を書くということの困難について語った。

亜希がとりわけ関心を示したのは、本間がモイパラシアの死にショックを受け、物語を綴ることをやめてしまったという話であった。本間は亜希に、登場人物が自分の手から離れ、用意した筋書きの外で死を遂げるなどということは、自分にとって初めてのことであり、書くということとどう向き合ったらいいのか分からなくなってしまった、ということを一生懸命に伝えようとしたのであるが、その際に彼が恐れていたのは、亜希が彼の言葉を、小説を書かないことに対する言い訳だと判断することであった。本間にとってモイパラシアの死は、物語を放棄するには十分すぎるほどの出来事であった。

近況報告が一段落ついた頃、亜希は言った。

「それで、これからどうするの？」

「大学院に行くんだよ。ちゃんと受かれば、のことだけど」

「ううん、その後の話よ」

「どうするんだろう」

「どうするんだろうって、自分のことでしょ？」

「まあ、ほら、できれば作家になりたいけれど、だめなら就職活動したり」

「現状認識が甘いのね。仕事だって大変だよ」

「小説を書くのだって大変だよ。いろんな人たちをでっちあげては、歩かせてみたり、走らせてみたり、ジャンプさせてみたり」

「どうするのよ、芽が出なかったら」

「そのときはそのときだよ」

そう答えながら、本間は意識の片隅で、おおよそ次のようなことを考えていた。問題は、亜希が無償で小説を書くことを仕事だとは思っていないことだ。どれだけ骨の折れる作業であっても、報酬、対価が発生しない限り、それは仕事とは見做《みな》されないというわけだ。なんということだろう！　しかし、一体どこから仕事になるというのか？　アルタッドの世話だって、爬虫類館の職員として行えば立派な仕事になる。妻子だって養えるだろうし、つまりは土曜日のピクニックが可能になる。それに、日曜日の潮干狩りだって可能になる。

亜希は言った。

「ねえ、私のことは小説に書いてないでしょうね？　私は嫌よ、砂漠の真ん中で列車に轢かれて死んだりするのは」

「大丈夫、きみのことは書いてない。だから安心していいよ。きみが砂漠で謎の死を遂げる可能性はまったくないんだ」

「それならいいけれど」と言うと、亜希は手帳に目を通し始めた。

本間は通りかかった店員にマルゲリータと赤ワインのボトルを頼んだ。亜希と会えたこともちろん嬉しかったが、このところ、バーはもちろん居酒屋で飲むことさえ滅多にならなかった彼にとって、こうした店で美味しいワインを飲むことなど本当に久しぶりで、アルコールの効果も相俟《あいま》って気分は高揚していた。ここしばらくの彼は、アルバイト帰りにコンビニで安ワインか缶ビールを買い、天承寺の縁側に腰掛けて飲むことが多かったのである。

二杯目のモスコミュールを飲み干してから、亜希は言った。

「働いてみて初めてわかることってあると思うけどな。あの頃の生活って、お互いなんにも知らない学生だったから、たまたまうまくいってただけだと思う。あんなの偶然よ」

本間は返答せずに考え込む。あの頃、俺たち二人の周りやそれぞれの内側を流れていた、時間、空気、そういうものの一切が、偶然に依拠していたというのか？　なんたる齟《そ》齬《ご》だろう！　小説のなかに再現できるはずのない、あれら輝かしい諸瞬間の価値が、これほどまで両者にとって異なるとは。

アルコールが回っていたこともあり、想念はうねり、浮き沈みを繰り返すようにして展開していった。

本間は答えた。

「体験を再現するために書いてるわけじゃない」

亜希は首を傾《かし》げ、目を見開いた。

「えっ、なに？　どういうこと？」

本間は赤ワインを二つのグラスに注ぎ、片方を亜希に手渡してから言った。

「いや、ごめん、間違えただけ。つまり、俺が言おうとしたのは、働いてみて初めてわかることがある、という考えには反対だってことなんだ」

「はいはい、わかったわ。もう一回乾杯しよう」

二人は二度目の乾杯をした。

グラスを置くと、亜希は先ほどの話に戻った。

「そりゃね、怖い上司もいるし、仕事って憂鬱《ゆううつ》なことばかりよ。だけど、作家だって仙人じゃないんだから、上司だっているわよ、きっと」

「書くことが仕事になればなあ」

「私が言ってるのは、書くことを仕事にする以上は」

「上司がいる」

「そういうこと」

本間は上司という言葉をめぐって思索する。彼女の言ったことはもっともだ。この地球にいる人間の半分以上が上司なんじゃないかと思えてくるくらいだ。そして実は、現時点での俺にだって、立派な上司がいる。観念的な、つまりは文学的な上司としての、過去の大作家たち。彼らは書店や図書館など、あらゆるところに存在していて、時には有り難《がた》い小言すらぼやく。その試みなら、私が遥か昔にやっているよ、等々。

本間は心ここに在らずといった体《てい》でマルゲリータを切り分けていたが、とうとうナイフが皿を擦り始めた。ナイフと皿の立てる音によって、彼は我に返った。

「どこにだって上司はいるんだな」

「そりゃそうよ」

*

亜希と久しぶりに会ってからというもの、本間は小説を書きたいという気持ちを再び抱くようになっていた。物語から逸脱してしまったという理由で、彼はモイパラシアの死を恐れていたが、「文学的な上司」に立ち向かうべく、再びペンを執ろうと心に決めたのである。あの夜、錯雑《さくざつ》した意識のなか、彼は確かな希望――それは本人にもうまく言い表すことのできない不条理な希望であったが――を見出していたのである。

亜希と会ったことでもう一つ、彼の生活には変化が生じていた。彼は、亜希が休みなく働いていることを知り――もとより知ってはいたが、仕事帰りの亜希と食事をすることで、同世代の働きぶりをまざまざと直視することになったのである――、祖父の家でごろごろしていることがなんとなく後ろめたくなり、申し訳程度にアルバイトの日数を増やしていたのである。

この日も――これまで水曜日には必ず家にいたのであるが――本間は出版社のビルに来ていた。彼は受付で入館用紙をもらい、用紙に書き慣れた内容を記入した。アルバイトにも入館証は交付されるため、本来ならばこの手順は飛ばすことができるが、入館証のために証明写真を撮ることが嫌だった彼は、仕事に来るたびに受付に足を運んでいたのである。入館バッジをもらうと、彼は警備員の男に会釈《えしゃく》をして、エレベーターに乗りこんだ。

編集部のある階に着くと、最初に給湯室で緑茶を飲み、それから別室と呼ばれている部屋に向かった。編集部とは別に、化粧品を置いておくための部屋があり、そこが彼の仕事場だった。

机にうずたかく積まれた化粧品に気後れしながらも、彼は仕事に取りかかった。メーカーから届いた化粧品を、マスカラ、チーク、リップ、アイライナー、アイシャドウなど、種類ごとに分けなければならないのだが、一度に届く化粧品は段ボール箱で数箱分にも及び、さらに、それらを分けた後で、メーカーから送られてきたリリースと照らし合わせ、必要な物がすべて届いているかどうか確認しなければならず、それはなかなか骨の折れる作業であった。

どの種類に当てはまるのか、本間には判断しかねるような化粧品もあり、そういうとき、彼は伊藤のところに聞きにいかなければならなかった。伊藤はアルバイトに仕事を教えている女性社員で、年齢は彼の六つ上であった。

編集部に行くと、読者アンケートの集計結果を打ち込んでいる伊藤の後ろ姿が見えた。伊藤はインスタントコーヒーを飲みながら、パソコンに向かっている。

「伊藤さん、おはようございます。あの、これもチークですか?」

伊藤は椅子をくるりと回し、本間の方を向いた。

「おはよう。うん、チークだね。ご苦労様」

「化粧品整理の他に、何か優先するような仕事ってありますか?」

「それなんだけどね、本間君さ、ここに書いてある人の資料をピックアップしてきてくれる?」

伊藤は本間に小さな紙片を手渡した。

「大丈夫です。いつもの要領ですよね」

「そうそう。私は一時から休憩とるから、本間君、あとよろしく頼むね」

そう言うと、伊藤は再びパソコンの方に向き直った。

伊藤から手渡された紙片には、次号でインタビューする女優の名前が書かれていた。下調べのために彼女の過去十年分の資料を集めてこなければならなかった。本間は紙片をポケットに入れると、地下一階にある資料室に向かった。

エレベーターで地下まで降りた彼は、受付で、氏名、入室時刻、所属部署を記入すると、たくさんの棚が整然と並んでいる資料室に足を踏み入れた。資料室の棚には、有名人に関する切り抜きで膨れ上がった封筒がびっしりと詰められているのであるが、人物ごとに整理されて収められているため、記事を発見すること自体はさして大変ではない。しかし、今回インタビューする女優は若くしてデビューしているために活動歴も長く、切り抜きの入った封筒の数は二十七袋にも及んだ。表舞台に出てこなかった時期に書かれた数々のゴシップ記事も、封筒の数が多くなっている原因の一つであった。

本間は封筒の中身を机に広げ、しばらく女優の記事に目を通していたが、くだらないゴシップの数々に辟易《へきえき》し、作業を中断してしまった。仕事を放り出した本間は、いつか書こうとしている文章のことを考え始めた。

「もしも俺が」と彼は考える。「『バイレロ』がもたらすような歓喜を文字のかたちで紙の上に固定することができたら、出来上がった文章が一つの物語を形成していなくとも、それはそれで素晴らしい作品となるのではないだろうか」

机の上に散らばった下品極まりないゴシップの数々を見ているうちに、彼は無性に腹が立ってきた。「恍惚の感覚に身を委《ゆだ》ねずに書かれた文章など視界に入れたくもない。こんな文章を書く奴らはみんな豚なんだ。俺は、自分もまた一匹の豚でしかないということを受け入れた、諦念《ていねん》と倦怠《けんたい》の只中で文章を紡《つむ》ぎたいとは思わない」そう考えながら、彼は庭に生えているアロポポルのことを思い浮かべていた。

「そうだ」と彼は考える。「アロポポルが音楽よりも強烈な恍惚体験を与えてくれるのではないだろうか。アロポポルが俺をさらなる陶酔に導いてくれるのではないだろうか」

彼はエニマリオ族の儀式の様子を思い描く。太陽が砂漠の果て、地平線の彼方に沈む頃、酋長はアロポポル・サークルと呼ばれるところ——篝火《かがりび》が円形に配置されており、椅子代わりの大石がいくつか置かれている場所——に、儀式に参加する者たちを集める。儀式は毎回異なる場所で行われるのであるが、アロポポル・サークルの場所は、いざ儀式が始まるというその瞬間まで、限られた者たち以外には秘密にされている。限られた者たちというのは、酋長の直系子孫たちと笛吹きのことである。

儀式が始まる際には笛吹きの男——笛吹きはれっきとした職業であり、彼は他の多くの仕事を免除されている——が角笛を吹き鳴らし、サークルの場所を部族の他の者たちに伝える。酋長は集まってきた者たちの様子を見て、それぞれに適量のアロポポルを手渡す。円の中心には笛吹きが座り、その周りに太鼓を持った男たちが立ち並び、そうして儀式は開始される。

儀式の進行は極めて統制のとれたものであり、女たちの舞踊も男たちの太鼓演奏も、すべては厳密な秩序と構成に従って展開される。もちろんわれわれにはその構成を言葉で記述することなどできないが、そこで生起している出来事が内的な必然性に基《もと》づいたものであることは直《ただ》ちに了解される。そして、その場に渦巻く熱気と力は、アロポポル・サークルの中心から鳴り響く笛のメロディーによって色づけされ、有機的な全体性とでも呼ぶべき調和のうちにとどまる。

衣装および動作によって象形文字と化した女たちのからだは、アロポポルによって到達が可能となる、生の根源と称される地点からの振動を受け取り、その振動を絶え間ない踊りによってサークルの内部にもたらす。女たちから振動を受け取った男たちのからだもまた、ヘビが笛の音で踊りだすようにしてある動作へと導かれる。男たちの動作も記号の役割を担うことになり、男のからだは女のからだにその作用を送り返す。循環を繰り返す度に振動は増幅され、そこには一種の共鳴現象が生じることになる。

アロポポルの儀式に使われる場所が、サークル――中心にいる笛吹きを太鼓演奏者の男たちが取り囲み、さらに、それを踊り手の女たちがぐるりと巻いている円形の構造――を描くのは、この共鳴現象を目的としているからである。アロポポルの儀式に関わる有機体は互いに作用を及ぼし合う必要があり、サークルの内部で生じた振動は、余すところなく全員に伝わらなくてはならない。

儀式に関わる全員のからだが同一の振動を受け取り、スペクタクルの体験が共有されることで、中心と周縁、そして男たちと女たちとの間には、直接的な交流が回復され、両者の相克《そうこく》は――束の間のことではあるが――半ば解消されることになる。

ここまで思い浮かべたところで本間は考える。「しかし、俺がアロポポルを食べたところで、それが何になるだろう？　神聖な体験など、今や窒息死が待ち受けているだけであろう。ありとあらゆる体験は言葉によって汚し尽くされる運命にあるのだから」

そして彼は庭のアロポポルのことを考える。「仮に俺が、庭に生えてきたアロポポルの一部を切り取り、部屋で乾燥させ、それを食べたとする。おそらくはエニマリオ族が味わうような幻覚や陶酔を得ることができるであろう。しかし、俺の持っている、一切を文字で書き表そうとする悪癖が、徹底的にアロポポルの体験を汚すことになるだろう。エニマリィの効果によって、例えば、思考が水牛の群れのようになって――安直な比喩に頼らざるを得ないことはともかくとして――押し寄せてきたとする。それらの牛たちは不当に翻訳されることを拒《こば》み、決して言葉による局限をよしとはしないだろう。しかし、きっと俺は牛たちを原稿用紙の上に引きずり出そうと躍起《やっき》になるはずだ。そうして一切は台無しになるのだ。激しい体験状態は理性の機銃掃射によって抹殺され、紙の上に残るのはせいぜい、凡庸《ぼんよう》なドラッグ小説か、とうの昔に死に絶えた、象徴派気取りのへぼ散文詩が関の山であろう。モイパラシアを殺したものは、何もかも筋書きに従属させようとする俺の意志であったのかもしれないが、そのうえ俺は、アロポポル体験すら書き言葉によって引き摺り下ろそうとしているのだ。これでは、作中でアロポポルを乱獲していた白人の麻薬密売人たちと何も変わらないではないか。エニマリオ族の者たちは俺に向かって言うだろう。我らが神を地より奪うことなかれ、と」

「仮に、あくまで仮にだが」と彼は考え続ける。「よしんばエニマリィがもたらす高揚によって、無傷の一頁《ページ》――いや、一行だけでも十分だ――が書けたとしてみよう。家にこもり、朝食には必ずアロポポルを食べる。それで、効いてきたらペンを握り、日が暮れるまで文章を書き続ける。次から次へと、時間の腐蝕作用を拒めるほどの、眩《まばゆ》い光を放つ文章が生まれてきたとする」

彼は机の上のゴシップ記事を睨みつけた。「そして俺は、何を書いたところで結局はこうなるのだ。突き上げる歓喜によって、嘘偽りが付け入る隙のない文章を書いたところで、発表してしまえばすべて台無しだ。もとより、そんな文章を書くことは不可能であろうが、いずれにせよ、俺は書いた文章を発表せずにはいられないだろう。誰にも見せず、モイパラシアの左腕をそうしたように、こっそりと庭に埋めてしまうことだってできるというのに」

考えれば考えるほどに考えることから抜け出せなくなり、だんだんと苦しくなってきた本間は、文章を書くことについて考えるのをやめ、目の前の仕事に戻っていった。

*

アロポポルの誘惑と闘いながら、本間は熱帯夜を幾夜もくぐり抜けた。庭のアロポポルの一部を切り取り、適量を口に運び、名状し難い恍惚状態や絢爛《けんらん》たる幻覚体験の只中で文章を紡ぎたいという欲求、それは本間にとって抗《あらが》い難いものであり、そのために彼はいくつもの眠れぬ夜を過ごしたのであった。

もう眠らなくてはならない、そう思えば思うほどに、彼はすぐさま布団から這い出してペンを握りたくなるのであった。眠りに落ちる直前の、薄れゆく意識のなかで獲得される至福の状態や、平安の予感を伴って迫《せ》り上がってくる、熱を孕んだ消滅の感覚が、彼にアロポポルのことを考えさせていた。

人間の限りない夢想は布団のなかでこそ育《はぐく》まれる。アロポポルの誘惑に捉えられた本間は考える。今こそ俺はアロポポルを口にしなければならない。こんな生活はもうおしまいにするんだ。今すぐ庭に出よう。そしてアロポポルを目指してまっすぐ歩き、上の方をほんの少し切り取ったら、すぐに戻って来よう。生のままでも構うものか、泥さえ落とせば、食べられないこともないだろう。アロポポルをたいらげて——どんなに不味《まず》かろうと、冷蔵庫にあるグレープフルーツジュースと一緒に飲んでしまえばいい——、汚れなき一行、あるいはそれに似た何かを書こう。たしかに書くことなどペテンに他ならないかもしれない。しかし、それがなんだと言うのだろう。少しばかりペテンに加担したところで、誰に俺のことが責められるというのか？　アロポポルの恍惚に身を委ねることで、売りに出しても恥ずかしくない、美しい文章が書けるかもしれないではないか。もちろんそれは相対的な美に他ならない。書くという営みでは、絶対的な美に到達することなど、できるはずもないのだから。どうあがいてみたところで、それは星を求める蛾の願いや、月に向かって吠え立てる犬の鳴き声、その程度のものに留まるだろう。しかし、誰にそれが責められようものか。

本間は夜毎にこのような自問自答を繰り返した。堂々巡りを重ねることで、彼は螺旋《らせん》を描きながら眠りの奥底へと下降していったのであるが、時には夢のなかでさえアロポポルの誘惑に捉えられることがあった。

これまでに三度、本間はアロポポルおよび幻覚成分エニマリィに関する夢を見た。居酒屋で飲んでいると、テーブルに輪切りにされたアロポポルが運ばれてきた夢。地下鉄の車内で、初老の男からエニマリィの錠剤を手渡された夢。それから、ベビーカーを押しながら浜辺を歩いていると、いつの間にか赤ん坊がニワトリの頭部に変わっていた夢。三つ目の夢では、アロポポルが直接登場することはなかった。赤ん坊が急に泣くのをやめたので、不思議に思った本間がベビーカーのなかを覗き込むと、赤ん坊がニワトリの頭部に変わっていたのであるが、その時に彼は、口を開いたり閉じたりするそれを見つめながら、「ああ、これがエニマリィの効果なんだな」と確信したのである。

いつからか、本間のなかでは、文章を書くこととアロポポルを食べることが分《わか》ち難く結びついた状態にあった。本間はモイパラシアの死を乗り越えつつあったのであるが、その代わりに彼は、物語らしさへの反発からか、「内的な必然性を伴った文章」という強迫観念に取り憑かれるようになり、より大なる歓喜、より大なる恍惚、そして、より大なる陶酔などといったものを求めるようになっていた。

しかし、安易にアロポポルを口にすることもまた、「文学らしさ」への目配せに他ならないと考えていた彼は、文章を書きたいという欲求、およびアロポポルを口にしたいという欲求と、寝ても覚めても闘い続けなければならなかったのである。

＊

ある夜、本間は寝間着のままで庭に出てきた。とうとう彼は誘惑に屈したのである。敷き詰められた芝生を踏みしめて歩き、彼はアロポポルの植わっている一角へとやって来た。アロポポルは庭の隅で、角柱状のからだを夜空に向かって伸ばしていた。

本間はアロポポルのからだに触れ、その表面をさすった。夜の大気によって冷やされた表皮は、昼の炎天下にそびえ立つアロポポルが与える印象とは異なり、どこか優しく静的な印象を与えていた。

本間はポケットから祖父のフォールディングナイフ――書き物机の引き出しから拝借し

たもので、柄の部分には鹿の角が使われていた——を取り出した。根を残しておけばアロポポルは何度でも再生するため、彼はアロポポルの頂部だけを切り取るつもりであった。アロポポルの前にしゃがみ込み、目の高さより上の部分を切り取ろうとする。

折り畳まれている刃を開き、それをサボテンの表皮にぐっと押しつけた。刃を手前に引くと、アロポポルからは白濁した樹液が滴《したた》った。この樹液もエニマリィを含有しているのかと思うと、気分が高揚するのを感じたが、それも束の間のことで、やがて、サボテンにつけられた傷は、モイパラシアの左腕の切断面と重なり、流れ出る樹液は、少年の腕からぽたぽたと滴っていた黒いインクと重なった。彼はすぐさまナイフを折り畳み、自らの行いを恥じた。

またしても本間は、書きたいという欲求の卑しさを目の当たりにすることとなったのである。ついこの間まで、少年の死に動揺していたにも拘わらず、今はこうして、少年から託されたサボテンの前にしゃがみ込み、嬉々としてナイフを握り締めている。それは彼にとっておぞましいことであった。彼はアロポポルにつけた傷を人差し指でそっと撫でた。樹液の付着した指を見たとき、舐めてみたいという考えがなおも浮かんだため、彼は自分にさらなる失望を覚えずにはいられなかった。

彼は、このサボテンを守ろうとしたアルタッドの姿を思い出していた。アロポポルは、この世界におけるアルタッドの唯一の友達であった。忘我の状態で「詩的な」文章を書き、浮き世における成功を収めたいというさもしい魂胆が、彼にアルタッドの友達を傷つけさせたのである。幸いにも早くに思いとどまったため、アロポポルには深さ一センチほどの傷がついただけで済んだが、彼は、取り返しのつかないことをしてしまったという思いでいっぱいだった。

アルタッドのことを愛しているようで、その実、野心や自己実現のためならば、いとも簡単にそれを踏《ふ》み躙《にじ》ろうとする詩人気取りの俗人。そんな自分の姿を否応《いやおう》なく直視することとなった本間は、ポケットの底にナイフの重みを感じながら、うなだれるようにして家のなかに戻っていった。

第三章

夏の間にアルタッドの食欲はピークを迎え、三度の脱皮を経てそのからだはさらに大きく育っていった。夏が終わる頃、全長は五十センチにも達しており――もっとも、全長のおよそ半分を尻尾が占めているのであるが――、かつては手のひらに収まるほどの大きさであったアルタッドも、今では本間の前腕全体にしがみつき、からだを預けるようになっていた。

アルタッドの餌であるヨーロッパイエコオロギは高温に弱く、世話を怠るとすぐに死んでしまうため、夏に入ってからというもの、本間は缶詰のコオロギを買うようになっていた。それはスチームで蒸されたコオロギが詰まっている缶であり、要するにイナゴの佃煮のようなものであった。缶詰のコオロギでもアルタッドは食べてくれたので、秋が訪れ、気温の下がってきた現在も、本間は活《い》き餌《え》ではなく缶詰を与えていた。

コオロギ缶はインドネシアの工場で生産されていた。コオロギ缶工場のことを想像すると、本間はいつも、昆虫処理施設、とでもいったような物々しい建造物と、数万匹ものコオロギが順々に釜のなかに飛び込んでいく光景を思い浮かべるのであった。長さ十メートルほどの金属製スライダーを、傾斜が大きすぎるため、コオロギたちは転げ落ちるようにして滑っていく。スライダーの終点にはジャンプ台が設置されており、コオロギたちは皆、朦々《もうもう》と立ちのぼる湯気のなかへと飛び去っていく。

アルタッドの脱皮に関して言えば、トカゲの脱皮はヘビの脱皮とは異なり、からだの部位ごとに行われるのであった。ヘビは靴下を脱ぐようにして脱皮するため、古い皮は全身で一枚、まるごと脱ぎ捨てられるのであるが、それに対して、トカゲの脱皮は、頭部、四肢、背面、尻尾と、からだの部位ごとに少しずつ皮が剝がれていく。脱皮の兆候が見られたときには――皮が剝け始めるよりも前に、体色の変化によってそれを知ることができる

――、脱皮不全を防ぐため、本間はアルタッドに温浴をさせることがあった。

温浴の際には、アルタッドは大型洗面器に溜められたぬるま湯に浸かることになる。アルタッドは本間の手にぎゅっとしがみつき、最初のうちはなかなかお湯のなかに入っていこうとしないのであるが、やがてお湯の温かさに慣れてくると、ゆっくりと彼の手を離れていく。アルタッドは、気持ち良さそうに目を閉じたまま、水の揺れにからだを任せていることもあれば、積極的に洗面器のなかを泳ぎ回ることもある。十分ほど経つと、本間はアルタッドを掬い上げ、からだをタオルで拭いてやる。温浴によって、古い皮がふやけて剝がれやすくなるのである。

風呂上がりのアルタッドは、ケージのなかに戻るとお気に入りの止まり木によじ登り、バスキングライトの下でさらにからだを温めようとする。止まり木にしがみつくアルタッドの背を撫でているとき、本間は、なんて精巧に作られたからだなのだろう、と感心することがあった。細かな鱗に覆われたアルタッドのからだと比べると、人間のからだなどは、どうも粗雑につくられているような気がしてならなかったのである。

＊

十月の初旬、本間は突如として仕事を失ってしまった。彼が編集補助に携わっていた雑誌が十二月号を最後に廃刊されることになったのである。社員たちは別の部署に異動することになり、学生アルバイトたちは皆そろって解雇されることになった。この解雇によって外出する機会はさらに少なくなり、彼は当面の生活費を両親から借り込むと、秋の肌寒さも相俟ってか、ますます家にこもるようになっていった。

もともと有り余っていた時間がさらに膨れ上がった結果、本間は大学院試験の出願を済ませると、試験に向けて真面目に勉強してみたり、柄にもなく料理に励んでみたりと、むしろ健康的な暮らしぶりを見せるようになった。

この春に祖父の家へと越してきた本間であるが、書こうと思っていた小説は早々に頓挫《とんざ》し、秋が訪れるまで、トカゲとサボテンの世話以外にはこれといって何もしてこなかった。得難い日々であったことは確かであるが、十月初旬に仕事がなくなり、思い出したかのように大学院試験の出願をすると、いよいよこの穏やかな生活の付けを払うときが来たのではないか、といったような不安が頭をよぎり、彼は、小説を書くということはともかく、まずは大学院試験をどうにかしようという気になったのである。

試験に向けて語学の勉強をするときには、本間はアルタッドを机の上で放し飼いにしていることが多かった。アルタッドはケージのなかよりも机の上の方が好きなようで、しばらくのあいだはスタンドライトの真下でからだを温めているのであるが、やがてからだに熱が宿ってくると、今度は机の上を縦横無尽に走り始める。アルタッドは、水の入ったグラスに顔を突っ込んでみたり、机に散らばっているトランプと戯れてみたりする。どうやらアルタッドにも好きな色があるようで、トランプのなかでも、スペードやクローバーよりも、ハートやダイヤのカードに積極的な関心を示すのであった。

アルタッドは、赤の他には緑を好み、前の晩に本間が飲んだハイネケンの瓶など、緑色のものを見つけると、アロポポルを前にして見せたような執着心を露わにした。われわれが好奇心、あるいは執着心などと呼んでいる感情を、アルタッドも、われわれとはまったく異なるかたちで持っているのではないだろうか。観察を続けるうちに、本間はそう考えるようになっていた。
　アルタッドが机の上を走り回っている方が、机の前に座っている苦痛が軽減されるため、彼の勉強はむしろ捗《はかど》るくらいであった。しかし、時たまアルタッドはフランス語の辞書に噛みつこうとすることがあり、これが本間の悩みの種であった。インクの匂いに惹かれているのか、食べられるものではないということが分かってからも、アルタッドはしきりに彼の辞書に噛みつこうとした。必死に食らいつく光景はたいへん微笑ましいのであるが、実際に端の方が食いちぎられてしまうこともあり、彼の辞書からは言葉がぽろぽろと欠け続けていくのであった。

*

　十月の終わりのある朝、本間は台所に立ち、オリーブオイルを引いたフライパンを火にかけていた。彼はそこに適当な大きさに切ったトマトを入れ、形が少し崩れ始める頃に、あらかじめ料理ワインに浸けておいた海老の剝き身を加えた。海老の色が変わってくると、少しだけ火を弱め、麵が茹で上がるのを待ちながら包丁とまな板を洗った。

アルバイトに出かけていく必要もなくなり、大学院試験の準備という名目で手にしていた一年間の休暇は真の空白期間と化し、一日に三時間ほど試験勉強をする他には特にやるべきこともなく、朝から進んで料理をするほど暇になっていたのである。

アルタッドは彼から見れば羨ましいほどに寝付きが良く、バスキングライトを点灯させなければ自分から起きてくることもなかった。本間に起こされない限り、アルタッドは丸一日であろうと眠り続けるのであった。秋から冬へと徐々に移行していくなか、バスキングライトはこれまで使っていた六十ワットの製品から百ワットのものへと買い替えられていた。

本間は茹で上がった麵をジェノベーゼと絡め、皿に盛りつけた。彼は緑色の麵の上に赤色が映えるように気を遣いながらトマトと海老を載せると、今度はアルタッドの食事の準備にとりかかった。

五十センチを超すほどに大きくなったアルタッドであるが、食生活はむしろ植物食に近づいていた。本間は缶詰コオロギを与える日と、ニンジン、コーン、リンゴなどといった野菜や果物を与える日を交互に設けていた。その他にも、これからやって来る冬に備えさせるため、週に一度はピンクマウスを与えていた。まもなくアルタッドは生涯で初めて冬を迎えることになるのであるが、故郷のソナスィクセム砂漠でするような長期の冬眠には入らず、暖房の効いた室内で越冬することになっていた。

本間は冷凍庫からピンクマウスを一匹取り出すと、それをジッパー付きの小袋に入れた。それから四十度ほどのお湯に袋ごと浸けて、解凍されるのを待った。かちかちに凍っていたピンクマウスも、お湯によって温められ、凍りついたからだがかつての熱を取り戻すと、その表情は熟睡してでもいるかのような安らかなものに変わった。解凍の済んだピンクマウスを小袋から手の上に移すと、本間はそれを体温でもう少し温めることにした。内臓の方はまだ冷たいかもしれず、アルタッドが消化不良を起こさないように、よく温めてやらなければならなかった。

ピンクマウスが十分に温かくなったことを確認すると、アルタッドのケージが置かれている部屋に向かった。ケージ内を覗き込むと、後ろ足を伸ばしきった、リラックスしているときに見せるいつもの姿勢で、アルタッドは止まり木の近くに寝そべっていた。本間はアルタッドの背中をさすりながら、「ほら、朝ご飯だよ」と声をかけ、給餌に取りかかった。

目の前にピンクマウスを落としてやると、アルタッドはのっそりと身を起こし、迷うことなくかぶりついた。本間は台所からスパゲッティとタバスコを取ってくると、ケージの前に座り、ピンクマウスを噛み砕こうと――ヘビとは異なり、丸呑みにはしないのであった――頑張っているアルタッドの姿を眺めながら、自分の朝食をとり始めた。

*

アロポポルの表皮にナイフで傷をつけた夜以来、本間はその償いをするかのように、より熱心にアルタッドの世話を焼くようになっていた。

モイパラシアの死に臆することなく再びペンを執ろうと考えた本間であったが、今度は書くという行為において、根拠とでも呼ぶべきものを渇望するようになり、彼は、その根拠に歓喜や恍惚の状態を据えようとした。しかし、あの夏の夜――文章を書くためなら、内的な体験であれ、ごく私的な出来事であれ、何から何まで闇雲に利用し尽くそうとする、浅ましい自分の姿が浮き彫りになった夜――以来、彼は文章を書くことから一旦離れてみようと考えていた。

短い時間ではあったものの、彼は毎日のように机に向かい、試験勉強を兼ねて、ラジオ番組のために書かれたフランス語の文章を訳してみたりしていたのであるが、ある夜、机の引き出しからモイパラシアの物語の原稿が発見されたことで、彼の生活には、少年の死、そして書くことをめぐる問いが、再び雨雲のように覆いかぶさることとなった。

原稿のほとんどはモイパラシアの左腕を埋葬する際に包み紙として使われ、一緒に土のなかに埋められたのであるが、断片的なメモ書きや破棄された没原稿が、まだ部屋に残っていたのである。彼が発見した原稿は次のようなものであった。


「ご覧よ、モイパラシア。戦に向かう男たちだ。あそこにいるのはみんな、明日、太陽の沈まぬうちに死んでしまう人間たちだよ」

老婆の言葉を聞いて、モイパラシアは、武器を肩に担《かつ》ぎ、汗の雫《しずく》を砂の上に落としながら歩く、勇ましい大人たちの姿を目で追った。

老婆は続けた。

「あんな歩きかたを見ても、男らしいだなんて思っちゃいけないよ。死の恐怖を克服しようと、めいめい虚勢を張っているだけなのさ。雄叫びをあげるのも、歌を歌うのも、死ぬのが怖くて仕方ないからだよ」

モイパラシアは老婆に聞いた。

「どうして、今回の戦には参加しちゃだめなの？」

「みんな死んでしまうからさ」

モイパラシアには、なぜ自分だけが戦から逃れ、生き延びなくてはならないのか、分からなかった。老婆は少年を生の方へと導きながらも、死の魅力を語るときにこそ、その語り口はもっとも饒舌《じょうぜつ》になるのであった。

モイパラシアは再び老婆に聞いた。

「本当にみんな死んじゃうの？」

老婆は掠《かす》れた声で答えた。

「そうだとも。今度の戦はこれまでにないほど激しいものになるだろうからね。いいかい、モイパラシア。みんな死ぬのだよ。明日、おまえ以外の男はみんな死ぬのさ。それでも、おまえは生きなくちゃならない」

「僕もいつかは死ぬんだよね？」

「そうだねえ、モイパラシア。おまえもいつかは死ぬよ。それは今じゃないというだけさ」

モイパラシアは行き交う大人たちを眺めた。自分が死んでしまうということを知らない人たち。まだまだずっと生きていられると信じている人たち。

男たちは雄々《おお》しく声を張りあげて互いに士気を鼓舞していたが、モイパラシアは、松《たい》明《まつ》の炎に照らされる彼らの褐色の肌に、普段とは異なる、何か恐れの色調のようなものを見た。

モイパラシアは尋ねた。

「ねえ、なぜ僕は生きていかなければいけないの？」

老婆は答えた。

「それはおまえには知る必要のないことさ、モイパラシア」

見つかった原稿は、アロポポルをめぐって白人たちとエニマリオ族が戦うことになり、その戦の前夜に呪術師の老婆とモイパラシアが交わした対話の部分であった。物語における死の色合いが突然に濃くなり、どうしても全体から浮いているような印象を与えるため、彼はこの部分をまるごと削除したのであった。

彼はその存在をすっかり忘れていた没原稿を注意深く読んだ。諭すようでありながら、生の意味については何も教えてくれない老婆と、無垢であるがゆえに老婆の話に耳を傾ける少年の会話には、どこかで聞いたような覚えがあった。

彼は自分がいつこの会話を耳にしたのか思い出そうとした。椅子の背もたれに倚《よ》り懸《か》かり、十代の頃に好きだった小説や映画、それから、少年時代によく読んだ漫画などに思いを巡らせた。彼は随分と長いこと考え込んでいたが、老婆と少年の会話にぴったり合うような場面はどうしても思い出せなかった。

それから彼は、何らかの創作物においてこの会話と出会ったわけではなく、かつて自分がこの場に立ち会っていたのではないかと考え始めた。もちろんそれは、ソナスィクセム砂漠の真ん中で、彼がモイパラシアと老婆の会話に耳を傾けていたということではなく、両者の対話が与える不思議な印象そのものに覚えがあったということである。

そして、ようやく彼は思い出した。老婆に問いかけるモイパラシアの言葉は、かつての彼自身が発した言葉に他ならなかった。その言葉は、彼が生まれて初めて死を意識したとき、自分自身に問いかけたものであった。


おさな児たちの声に溢れた、とある午後のこと。

その頃、本間はまだ五歳で、園庭の広い幼稚園に通っていた。昼食後の休憩時間になると、多くの園児たちがジャングルジムや滑り台に駆け寄っていったが、当時の彼は昆虫に夢中で、広い園庭を走り回るよりも、花壇の傍にしゃがみ込んで虫を探したり、室内で図鑑を読んだりすることを好んでいた。

その日の午後も、彼は園庭にある花壇の縁石に腰掛けていたのであるが、ふと顔を上げて周囲を見渡すと、いつもとは何かが違っていた。自分の足がほんの少しだけ地面を離れていて、空っぽになったからだが浮遊しているかのような感覚を覚えた。

突然、少年は、みんないずれ死んでしまうのだと思った。百年も経てば園庭を駆ける男の子たちも、ブランコで揺れている女の子たちも、みんなこの地上からいなくなってしまうのだと、ふと考えた。なぜかは分からないが、光の降り注ぐ春の午後に、少年はそう思ったのである。

百年、それはなんと短い年月だろう。彼はとても悲しかったけれど、女の子たちが楽しそうに笑っていたので、気にしても仕方のないことなのだと考えた。彼はまた花壇のなかを覗き込み、パンジーの花をじっと見つめた。すると、先ほどまでの浮遊感は消えてしまい、もう彼は死のことなんて考えなくなった。それは幸福な昼下がりだった。


いずれ死んでしまうことが分かっていながらも、生きていかなくてはならないということ。作中でモイパラシアが発した「なぜ僕は生きていかなければいけないの?」という問いかけは、ずっと昔、本間が幼稚園の園庭で自らに問いかけた言葉であった。そして、行き交う男たちを見つめるモイパラシアの眼差しは、幼い頃の彼が花壇の縁石から走り回る園児たちを見つめていたときの眼差しであった。

今も昔も老婆は何も答えてくれない。死はまるっきり口を閉ざしたままでいるか、あるいは「それはおまえには知る必要のないことさ」などと言い、本間やモイパラシアを優しく愛撫するかのどちらかである。

没にしたとはいえ、モイパラシアの死に、本間が抱いていた生きることへの不信が反映していたことは明らかであった。台本に従属することなく燃え尽きるようにして小説世界を去ったモイパラシアであるが、少年の死への跳躍の引き金となったのは、やはり作者である自分に他ならないように思えた。

二月に祖父がこの世を去り、本間は三月の終わり頃からこの家で暮らし始めたのであるが、彼の祖父の死も、モイパラシアの物語に死が忍び込んできたことと無関係ではないだろう。語る準備さえ整えてやれば、死はいつでも顔を覗かせる。死は書かれるもののなかに忍び込み、饒舌《じょうぜつ》に自己紹介を始めるが、話すだけ話して満足すると、こちらの方には構わず黙りこんでしまう。

本間の祖父は前立腺癌を患っていた。余命半年と宣告されたにも拘わらず、彼は長きにわたってそれを感じさせない暮らしぶりを続けていた。余命の宣告から死が彼を捉えるまでには、およそ三年間もかかった。彼の祖父は幾度かの手術を経た後、抗癌剤治療を受けながら自宅でたくさんの本を読み、興味深い本を見つけたといっては、よく本間に電話をかけてきたものであった。

しかし、容態が急変してから死までは一週間とかからなかった。副作用を嫌がり、抗癌剤治療を中断したのであるが、それから病状は急速に悪化していき、瞬く間に痩せ細っていった。病院に救急搬送されたときにはすでに自分では寝返りすら打てないような状態で、床ずれが激しかったという。進行を抑えることに成功していた癌は既にあちらこちらに転移していて、もはや手を施すことは不可能であった。

余命が半年であろうとも、点滴を外して死を待つだけの存在になろうとも、あるいはまだ五歳の子供であろうとも、地上にいる者たちは誰もが死にゆく人間であり、そして、すでに半ば死んでしまっている人間でもあった。人が生まれたその瞬間から、死は、赤子の寝顔を優しく見つめる母親のように、一人一人の傍らに腰掛けているのである。

本間は原稿用紙を手にしながら、物語を書くということや、文章を書くことの根拠に据えようと考えていた歓喜や恍惚の境地を再び疑い始めていた。モイパラシアが老婆によって生かされている理由を考えることは、自分がこの生に甘んじている理由を考えることに等しく、モイパラシアの死について考えることは、自分の死について考えることに等しいように思われた。

「書くことは死に抗《あらが》おうとする行為なのだろうか。それとも死に向かう運動に他ならないのだろうか」と彼は自問した。「歓喜も恍惚も、所詮《しょせん》は死への憧憬《しょうけい》のあらわれに過ぎないのだろうか。俺は、書くという行為は天上的なものを引き摺り下ろそうとする行為に過ぎないと考えていたが、本当は、書くという行為、物語を紡ぐという行為は、天上的なものの先にある死に向かってひた走ることに他ならないのかもしれない」

彼は『バイレロ』がもたらす至福の状態について考えた。かつて彼は歓喜と死の関係を双生児のそれに喩《たと》えたことがあったが、あのときの比喩が、強烈な実感を伴って再び心に刻まれることとなった。

このようなことを考え始めると、彼には自分の一挙手一投足が死に向かってなされる運動であるように思えてくるのだった。原稿用紙を持った手を動かすことも、スリッパを履いた足をぶらぶらさせることも、自分の選び取る行為の何もかもが、死んでいくという大きな行為の一部を成しているように思われた。

時計を見るとすでに時刻は深夜二時を過ぎていた。かつての没原稿を前にして、随分と長いあいだ思索に耽り続けていたことを知ると、彼は悪い夢でも見ていたかのような気分になった。

アルタッドはケージのなかで目を閉じていた。本間はバスキングライトを切ると、代わりにナイトランプを点灯させた。夜間に体温が下がり過ぎないように、アルタッドのからだに布切れをかけてやり、それからケージ全体をバスタオルで覆った。

顔を洗ってから眠ることにした本間は、机の上の原稿用紙を整え、思い浮かんだ言葉や考察などをノートの切れ端に書き留めた。依然として彼は、物語を書き上げることを諦めてはいなかった。大学院試験が終わり当面の雑事が片付けば、彼は再び文章を書き始めるつもりでいた。歓喜の先に死があるのと同様、死についての思索を続けた先に、充溢《じゅういつ》する歓喜の本質が露わになるような瞬間が訪れ、新しい地平が開けるのではないかと考えていたのである。

ところが、顔を洗いにいった洗面所で、彼は、これまでにないほど強く、忍び寄る死の影を感じることになった。彼は、洗った顔を上げた瞬間、金縛りに遭ったかのように、鏡を前にして身動きがとれなくなってしまったのである。

本間は鏡のなかに祖父の顔を見たのであった。鏡に映った顔はあらゆる部分において死ぬ間際の祖父の顔との間に類似が見られた。それは遺伝がもたらした類似とは別の何かであった。顔だけでなく、濡れた髪や、痩せこけたからだまでが病室の祖父の姿と重なって見えた。

彼の顔には、いつか刻まれることになる皺の数々が預言されていた。病室で痰を吸引される際に苦悶の表情を浮かべていた祖父の顔や、彼が最後に見た、柩《ひつぎ》に収まり花々によって飾られた祖父の顔が、次々と鏡のなかに見え隠れした。

一切は死にゆく者たちの行進のようにして過ぎ去っていった。我に返った本間は鏡を叩き割ってしまいたい衝動に駆られた。しかし、鏡を割る代わりに、彼は蛇口を閉めてから自分の部屋に戻り、先ほど書きつけたばかりのメモ書きを、次から次へと破り捨ててしまった。

彼には、歓喜の過剰がその極点において死への跳躍に転ずることはあるとしても、死のなかから何かが生まれることはないように思えた。このままでは歓びに裏打ちされた書き言葉からは遠ざかるばかりで、やがては彼自身もモイパラシアのように死の方へと踏み出してしまうような気がしたのであった。

＊

秋も深まっていくなか、本間の抱えていた書くことに関する不安は次第に和らいでいった。書くことを完全に断念したわけではなかったが、彼は文章を書くことのない生活に羨望を覚えていたのである。

この時期、彼は一年半ほど前のギリシャ旅行のことを思い出しては、しばしば物思いに耽っていた。大学四年生の春、彼は一人でギリシャを旅したのであるが、それは何度も反芻《はんすう》するに価する快い旅行であった。旅行の記憶に浸り始めると、アテネの街並みや遺跡、それからエーゲ海に浮かぶ島々などの情景が、彼の頭のなかに、当時そこを歩きながら感じていたことや考えていたことを伴って、生き生きと蘇るのであった。

とりわけ本間が好んで反芻したのはメテオラの記憶であった。アテネから北西へ約三百キロ、ギリシャ中部に位置するメテオラの奇岩群。そそり立つ岩は大きなもので高さ四百メートルにも及び、その上には修道院が建てられている。俗世から隔絶された天に近い場所で、修道士たちが、今なおギリシャ正教の戒律を守って生活しているのであるが、晴天に屹立《きつりつ》する奇岩を前にして、本間はまるで自分が巡礼の徒《と》になったかのような気持ちを抱いたのであった。

彼はタクシーを使わずに、主要な修道院――それらの多くは時間帯によって観光客向けに開放されている――を歩いてまわった。レンガと石で造られた修道院の外観は、文字通り天上的なものへと近づこうとする、人間の狂おしいほどの熱情を物語っていた。

修道院はその頂に赤い屋根を乗せ、静かに佇《たたず》んでいるのであるが、このような岩――その形状はまさに奇岩という言葉がふさわしく、人間によじ登れるような代物ではなかった――の上に、レンガや石材を運んだ当時の人間たちのことを思うと、彼は胸を打たれずにはいられなかった。建設作業において命を落とした者も数多くいたであろう。何が人間をしてこのような、崇高でもあり、そして極めて愚かしくもあるような行為へと駆り立てるのであろうか。そのようなことを考えながら、彼は修道院に至る階段を一段一段踏みしめたのであった。

メテオラのことを思い出すとき、彼は「あのときアルタッドも一緒にいてくれたら」と考えることがあった。彼は、肩にアルタッドを載せ、修道院への道を歩く自分の姿を想像する。一匹の黒い野良犬が目の前を歩いている。彼はアルタッドと一緒にその犬の跡を追うようにして歩く。瑞々しい緑のあふれる道、青く澄み渡る空、時おりメテオラの奇岩を見上げては、途方もない自然の造形美に気圧《けお》される。岩の形状はまるで、ギリシャ神話の神々、あるいは巨人たちが、大きな鉈《なた》で、さらに大きな岩山を切り分けたかのようである。歩き疲れると、彼はペットボトルから水を飲むのであるが、そのときには必ずアルタッドにも水を飲ませてやる。彼は自分の指先に水滴をつけ、それをアルタッドに舐めさせる。アルタッドは照りつけるギリシャの太陽の光を浴びて、いつになく上機嫌でいるが、天敵である鳥の鳴き声を聞いた途端、びっくりして本間のシャツの襟の裏に隠れてしまう。

「アルタッドと共に修道院を巡るだけではなく」彼はこうも考えるのであった。「アルタッドと共に修道院で生活することができたら、どれほど素晴らしいだろう。神などいなくとも、俺は祈り、歌い、死のことなど考えずに暮らすだろう。俺は、アルタッドが光を浴びるときのように生きてみたいのだ。文章を書く必要など感じることなく、ただそこにあるものを享受するような生き方。もちろんそんな生活は、俺の空想癖の産物でしかないことは分かっているが、それでも俺は、空に聖域を散在させるようにして建てられた、あの修道院での生活を羨ましく思う」

　このようなことを考えては、本間は休暇の日々を修道士たちの生活と比べてみるのであった。

第四章

十二月も半ばを過ぎた頃のある夜、本間の家には亜希が来ていた。亜希は台所でココアを淹《い》れていて、本間はソファに横になり、当時のことを振り返っていた。

亜希の両親はともに高校教師であった。あの真面目な二人からなぜ兄のような――ハンガリーに渡ったきり帰って来ないような――型破りな人間が生まれてきたのかしら、という疑問を、亜希はしばしば口にしていたが、彼女自身もまた、とても冷静かつ現実的な考え方をしている一方で、稀に突拍子もない論理の飛躍を見せる瞬間があったため、本間は、そうは言ってもやはり兄妹なんだな、とひとり感心していたのである。

美術教師である母からの影響で、亜希は時たま絵を描いていたが、事実上の弟子であった本間のデッサンは、一向に上達の気配を見せなかった。それは、教える亜希の方に問題があったのではなく、教わる彼の素質に決定的な難があったということである。

亜希が出来上がったココアを持って近づいてきた。

「まだ熱いよ」

そう言ってマグカップを手渡すと、本間の隣に腰掛けた。

「きみが遊びに来るとはなあ」

本間はカップを軽く揺らし、波の様子を見つめながら言った。

「アルタッド、もう冬眠しちゃうんでしょ。その前に見たいなって思って」

「いや、冬眠はしないよ」

「冬眠するって言ってなかった？」

「ああ、言ったかも。でも、ここは日本だから」

「冬眠しないんだ」

「家のなかで冬をやり過ごす」

「へえ」

「最近は食欲も落ちてきてるけどね」

「家のなかにいるのに？」

「なんとなく分かるんだよ、冬が来たって」

カップの縁から本間の唇に、ココアの熱が伝わった。

「うん、温まるね」

「アルタッドも水を飲むの？」

「小さい頃は俺の指についた水滴をよく舐めていたけれど、成長してからは主に野菜から水分を摂ってるみたいだよ」

「ふうん」

「面白いことに、トカゲは尿酸としてアンモニアを排泄するから、おしっこをしないんだ。白い固形物になって、黒いうんちと一緒に排泄される」

「面白くはないけれど、覚えておく」

「面白くはないか」

「人と話してないからか、ちょっと面白くなくなったね」

「そうそう、最近はいつも一人なんだよ。それで、一人で飲むのもなんだから、アルタッドにビールを舐めさせたことがあるんだ」

「ひどい！」

「ほんの一滴だけだよ。ちょっと酔っぱらってたな」

「かわいそうだからやめなって」

「アルタッドがビール瓶に体当たりするから」

「べつに飲みたいわけじゃないでしょ」

「悪いことしたなって思って、代わりに俺もハニーワームを食べてみたんだ」

「ハニーワーム？」

「ハチノスツヅリガの幼虫だよ。幼虫は蜂の巣を食べるから養蜂家には嫌われていてさ。でも不思議なことに、嫌われ者でもどこかで需要があるんだよね。爬虫類とか両生類を飼う人が、一パックいくらで三パック買うといくら安い、とかなんとかで、お金を出して買うんだ。パックを開けると、名前から受ける印象そのまま、甘い香りがする」

「イモムシ食べたの？」

「うん。脂肪分が多いからあんまりたくさん食べさせるわけにはいかないけれど、たまにやると、アルタッドはすごい勢いで飛びかかってくるから、もしかしたらおいしいんじゃないかって思って」

「それ以上聞きたくないなあ」

「食べたんだよ、生で」

「もう帰るね」

「驚いたことに、あまり味がしなかった」

「遊びに来なければよかった」

「それはアルタッドに失礼だよ。あんなにおいしそうに食べるのに」

「もういいから、早くアルタッドを見せてよ。見たら帰るから」

本間はアルタッドの様子を見るために二階に上がっていった。自室に入り、ケージのなかを覗き込むと、アルタッドは、バスキングライトの下をせわしなく行ったり来たりしていた。彼はアルタッドを肩に載せ、そのまま階下に下りていった。

彼は『バイレロ』が聴きたくなり、連続再生されるように設定し、それからソファに寝転んでいる亜希にアルタッドを紹介した。本間の肩に載っているアルタッドを見て、亜希は「ええっ？」という悲鳴に近い声をあげながら立ち上がった。

「今までこれをトカゲって言ってたの？　これじゃドラゴンの子供だって言われても信じるけど」

「俺は小さいときのイメージのままだなあ」

亜希が近づこうとすると、アルタッドはテーブルの上で後退《あとずさ》りを始めた。アルタッドは人間の顔をしっかりと識別しているようで、初めて見る亜希に対して警戒心を露わにしていた。口を薄く開き、あわや威嚇を始めそうになったが、亜希の隣には本間がいたため、アルタッドのなかでは、威嚇せよと命じる本能と、本間への信頼、というよりも、これまで彼から餌をもらってきた習慣とが、せめぎ合っているように見えた。

アルタッドの口は半開きのままで、本気で威嚇するときの迫力とは程遠い、どこかユーモラスな顔つきが維持されていた。亜希は、これ以上接近すればアルタッドは本当に威嚇し始めるだろうと思われる、そのぎりぎりの位置で立ち止まった。亜希とアルタッド、両者はまるで同じ戸惑いを共有しているかのようであった。

リビングには雨粒のようなピアノの音が降り注いでいた。その合間を縫うようにして、リンダ・シャーロックの歌声が上昇していく。本間はアルタッドと亜希の膠着《こうちゃく》状態を見つめながら、アルタッドと出会った夜のことを思い出していた。

あの夜のアルタッドも、いま亜希にしているような威嚇をしてみせたっけ。そうだ、あの夜も、俺は眠る前に『バイレロ』を聴いたんだ。アルタッドはおそらく音楽を解さないだろうな。記憶が存在しなければメロディーも存在しないというわけだ。アルタッドは瞬間的な音の強弱を感じているだけなのだろうか。しかし、アルタッドはたしかに俺の姿を記憶しているじゃないか。初めて見る亜希には警戒を怠らないのだから。

ここまで考えたとき、本間は両者の緊張を解くという自分の役割に思い至り、冷蔵庫にコーン缶を取りにいった。リビングを離れ、台所にある冷蔵庫の前まで来ても、彼の耳には優しい旋律が聴こえていた。

かつて、彼は音楽のもたらす陶酔の感覚を半ば恐れていたが、今ではそうしたことはあまり重要ではなくなっていた。歓喜によって上り詰めた先に、死が口を開けて待っていたとしても、あるいは歓喜そのものが死への跳躍に転ずるのだとしても、それは彼にとって決して絶望的なことではなかった。彼は、文字を書くことなど考えられないほどの忘我、至福、恍惚、それらの極点に至れるのならば、幸いだと考えていたのである。それは、我を忘れたくて仕方がない、死を恐れない、あるいはモイパラシアの死を顧《かえり》みない、といったような心境とは似て非なるものであり、到達できないことを知りながらも接近を夢見続けるような、言わば、積極的諦念とでも呼ぶべき心境であった。

しかし、万が一いわゆる極点に至ることが可能であったとして、どうしたらその場に留まり続けることができるのだろうか。日常世界への失墜が免除されることなど果たしてあり得るのだろうか。「持続可能な恍惚」などという言葉は語義矛盾を孕んでいるのではないだろうか。そういったことを漠然と考えながら、彼は冷蔵庫の一番上の段にある缶詰に手を伸ばした。

食塩無添加のコーン缶を持って台所から戻ってくると、テーブルの上にいたアルタッドはすでに警戒心を緩めていた。椅子に座っている亜希の様子を窺うため、時おり首をひねっては、少し安心したかのように、再び無思考の平穏のうちに沈んでいく。

本間は亜希にコーン缶と小さなプラスチック製のスプーンを手渡した。

「アルタッドってコーンが好きなの?」

亜希は驚いた様子で聞いた。

「コオロギのような昆虫を除けば、コーンが一番かもしれない」

本間から受け取ったスプーンで、亜希はアルタッドの前にコーンを差し出した。アルタッドは狙いを定め——いつも通りその瞳はぎゅっと小さくなった——、素早くコーンに食らいついた。ボクサーが繰り出す左ジャブのような速さで、アルタッドの舌はスプーンに到達した。そして、しゃきしゃきと音を立てながら何度か噛むと、あっという間にそれを飲み込んだ。

口のなかに残る異物感を払拭《ふっしょく》するためか、飲み込んだ後も、アルタッドは何度か口を開いたり閉じたりしていたが、やがてけろっとした顔でこちらを見た。その表情はまるで、もっとあるんだろうね、とでも言っているかのようだった。

亜希は笑顔をこぼしながら言った。

「トカゲにも味覚があって、好きとか嫌いとか、そういう感覚があるのねえ」

それからもアルタッドは休むことなくコーンを食べ続けた。面白くなってきたのか、亜希は時おりフェイントを混ぜるようになっていた。しかし、アルタッドはスプーンの動きに的確に反応し、あらゆる方向に突進しては、繰り返し舌を伸ばした。活き餌のコオロギをやめてコオロギ缶に切り替えてからというもの、アルタッドがこれほど野性味に溢れる動きを見せることは少なくなっていたため、本間はしばしば見とれていた。

彼はアルタッドの俊敏な動きを見つめながら、爬虫類の感覚器官について、二、三のことを思い出していた。一つはカメレオンの目についてであり、もう一つは、トカゲとヘビ、それぞれの聴覚の違いについてであった。カメレオンは、両目の間で分業が成り立つため、片目で獲物を狙いながら、もう片方の目で外敵を見張ることができるという。そして、ヘビが地面を伝わってくる振動を聴いているのに対して、大部分のトカゲは、人間と同じように空気中を伝わってくる音を聴いているらしく、別に、だからどうだというわけでもないのであるが、つまり、アルタッドと本間は、ここで同じ音楽を聴いているはずであり、それは彼にとって不可思議極まりないことであった。

アルタッドと目が合っているときにも、彼は同じような不可思議さに囚われることがあった。アルタッドの瞳に自分が映り込んでいて、おそらくは自分の瞳にもアルタッドが映り込んでいる瞬間、両者は、おそらくは同じ程度に互いを知覚しているはずなのであるが、アルタッドが自分をどう見ているのか、まったく想像できないのである。それは味覚に関しても同様であり、スイートコーンとブルーベリーは理解できても、コオロギやハニーワームをおいしそうに食べるアルタッドのことはまるで理解できない。佃煮の匂いがする缶詰コオロギならいざ知らず、あちこちを跳ねて回る生きたコオロギは、どうしても追いかける気になれない。これが、彼の思考の筋道をその通りに辿ったわけではないにせよ、この数十秒間で本間が辿り着いた結論であり、そんなことは当たり前だと言われれば、その通りである。

「ねえ、アルタッド、もう食べないみたいだよ」

さて、とうとうアルタッドにも満腹が訪れたようで、亜希はアルタッドに餌を与える手をとめていた。

本間はコーン缶にサランラップをかけ、冷蔵庫に戻しにいき、プラスチック製のスプーンを水で軽く洗った。それからアルタッドを持ち上げて、二階に連れていこうとすると、亜希が言った。

「もう少し見ていたい」

「いいけれど、爬虫類は変温動物だから、からだの器官をしっかりと働かせるためには体温を上げてやらなくちゃいけないんだ。この時期の消化不良は命取りになるから、二階で観察しよう。バスキングライトの下に置いてやらないと」

本間と亜希は二階に上がり、二人で食後のアルタッドを観察した。アルタッドはバスキングライトの真下に陣取り、熱せられた流木のレプリカにからだを預け、消化を促進させているようだった。

しばらくすると、亜希は帰り、本間は眠る前のアルタッドに布切れをかけた。

＊

このところ、アルタッドの餌の好みはより顕著になっていた。細《こま》切れにしたニンジンやピーマンをコーンと混ぜて与えるのであるが、皿に入れておいた場合、ニンジンとピーマンは手つかずのまま、コーンだけがなくなり、スプーンで給餌した場合も、アルタッドはしっかりと狙いを定め、コーンだけを器用に舌で捕らえるのであった。

　そこでこの日、本間はブロッコリーを細かくほぐしてからコーンとよく混ぜ合わせ、アルタッドがコーンを食べようとすれば、その表面にくっついたブロッコリーも一緒に食べざるを得ないようにした。

　アルタッドもブロッコリーを嫌っているわけではないので、コーンに付着した細かなブロッコリーの花蕾《からい》も、気にすることなく一緒に食べてくれた。大さじ二杯分ほどのコーンをたいらげると、アルタッドは、本間が目の前でどんなにスプーンを動かそうとも、まるで興味を示さなくなった。いつもより早い満腹のサインを見て取った本間は、冷蔵庫にコーン缶とブロッコリーを戻しにいった。

　それから彼はソファに横たわり、アルタッドをお腹の上に載せ、テレビをつけた。天気予報によると、どうやら今夜はさらに冷え込むようで、この家の庭にも今週中に初霜が降りそうだった。本間はテレビを消すと、アルタッドを窓際にあるヒーターの近くに残し、庭に出ていった。

野ざらしになっていたアロポポルであるが、夏と秋を経て、今では本間の腰の高さに達するほど生長を遂げていた。アロポポルの伸び具合は、まるでアルタッドの成長に寄り添っているかのようで、気温の上昇とともに食欲が増し、アルタッドが急速に大きくなっていった夏のあいだに、アロポポルも太陽の光を存分に吸収し、ぐんぐんと伸びていったのである。

本間はアロポポルの深緑色のからだを撫でた。まだ芽が生えたばかりの頃は黄緑色に近い色であったが、緑色は生長とともにだんだんと深まっていった。すべすべした表面は、内部に宿る瑞々しい生命力を十分に感じさせ、本間はその生長ぶりに頼もしさすら覚えるのであった。

初霜が降りるかもしれないということで、早速、アロポポルを大きな鉢に植え替えなくてはならなかった。本間は祖母の植えたヒヤシンスを踏まないように気をつけながら、家の南側にある物置の方に向かった。

物置の引き戸を開けると、蜘蛛の網に覆われた種々雑多な道具が目に入った。枝切り鋏、自転車用の空気入れ、ホース、熊手、竹箒《たけぼうき》、肥料、腐葉土、釣り竿、それからスキーストック。彼は奥の方から、スコップと、アロポポルが生えてきた頃に園芸店で購入した、サボテン用の土を取り出した。

道具を持ってアロポポルのもとに戻ると、作業に取りかかった。根っこを傷つけないように、慎重に周りの土を掘っていった。土のなかから取り出されたアロポポルは、サボテン用の土を詰めてある大きな鉢へと移された。

植え替えたアロポポルの鉢を、ぐいと持ち上げて、本間は家のなかに戻った。アルタッドがヒーターの傍でじっとしていたので、本間はそのからだを片手で掬い上げると、脇に抱えていたアロポポルの鉢のなかに入れてやり、そのまま階段を上がっていった。

冬が訪れてからというもの、変温動物であるアルタッドには酷になるため、庭の散歩はしばらく中断されていたのであるが、この日、植え替えと室内への取り込みによって、およそ二ヶ月ぶりにアルタッドはアロポポルとの再会を果たすことができた。

本間が鉢を落とさないように気をつけながら階段を上がっているこの瞬間も、アルタッドは揺れている鉢のなかを這い回り、アロポポルによじ登ったり、降りたり、時には夢中で鶏冠を擦りつけたりもしていた。

これまでにも、窓ガラス越しに日光浴をさせると、アルタッドは庭のアロポポルを目ざとく発見し、なんとかして窓ガラスをすり抜けようと、決死の努力を試みることがあった。そんなアルタッドの姿を見てきた本間は、両者の再会に貢献できたことを嬉しく思うのであった。

*

新年を迎える頃に大雪が降った。庭にどっさりと積もった雪を見た本間は、アロポポルを室内に移しておいてよかったと思い、それから雪を見せてやろうと、アルタッドを窓際に運んだのであるが、アルタッドは生まれて初めて見る雪にもまるで関心を示さず、降ろせ、降ろせとじたばたするばかりであった。

要求通り、部屋に置かれたアロポポルのてっぺんに登らせてやると、アルタッドはまるで、この部屋は自分の――あるいは自分とこのサボテンの――テリトリーなのだと言わんばかりに、あたりを睥睨《へいげい》し始めた。本間は暖房の設定温度を上げて、アルタッドが間違って食べたりしないように、部屋に落ちている紙くずなどを捨ててから、上着を羽織って外に出た。

雪をざくざく鳴らしながら歩き、彼は石南花の木の前で膝を突いた。彼は、小さな石を覆い隠している雪を、両手で少しずつ丁寧に払っていった。やがて、モイパラシアの墓石が雪の下から姿を現した。石の下に埋まっているのは少年の左腕だけであったが、彼は時々その墓前で手を合わせていたのである。

この日も彼は小さな石の前に跪《ひざまず》き、手を合わせ、目を閉じた。

「ねえ、モイパラシア」彼は心のなかでモイパラシアに語りかける。「きみは突然に姿をくらまして、そのまま いなくなってしまったね。きみの死をきっかけに、俺は嘘偽りのない文章を書きたいと望むようになったんだ。歓喜や恍惚をインクに変えて、紙の上に繋ぎとめておけたらって思ったんだ。でもね、恍惚のうちに、きみの死を見るような思いがして、書くことが怖くなったりもしたよ。堂々巡りを重ねながら、あれこれと考えてみたけれど、結局きみの死については何もわからずじまいだったし、白状すると、俺はそれ以外のことに関しても、本当は何一つわかってないんだ」

本間はアルタッドやアロポポルのことも報告しなくては、と考えた。「時には、俺だって死んでしまいたいと思うことがあるんだ。ここにあるということも、ここで考えるということも、ひどい冗談だとしか思えなくなるときがある。本を読んだり、考えごとに耽ったり、いろいろな知識を溜め込んで、いろいろな主義主張に魅せられて、いつも慌ただしく駆けずり回っては、そのたびに何か新しいもの、自分にとってはそれと出会えたことが運命だと思えるようなものを見つけてくる。とても素晴らしいことだけど、それが牢獄の壁を破ってくれることはないんだ。いつも独房の模様替えをするだけで終わり、そのうち新しい内装にも飽きてしまい、また西に東に奔走《ほんそう》することになる。絶えず新たに家具や壁紙を見つけ直さなくちゃならないってわけだ。俺が怖いのは、仮に満足のいく文章が書けたとしても、それでも終わりが訪れないってことなんだ」

彼は、アルタッドやアロポポルのことを話すつもりが、思わぬ方向に話が逸れてしまったことに驚いていた。しかし、筋書きから逸れていくようにして死んでしまったモイパラシアに向かって話すには、そちらの方が合っているように思われたため、構わずに続けた。「自分の生誕を祝福できるような文章が書けたとする。それでも俺のからだはこの地上から消え去ったりしない。せっかく書き上げた文章は他人に委ねられ、審査され、批評され、場合によっては注釈をつけられる。そうして何もかもがぐずぐずになっていく。いっそのこと、きみの左腕を埋めたように、書いたものはみんな土のなかに隠してしまいたいくらいだ。実際、俺はもう何も書かずに死んでしまうことだって考えている。こんなことを考えていると、俺の後ろにも見えない作者がいるような気がしてくるよ。きっと、俺を動かしている作者は、とんでもない自惚《うぬぼ》れ屋で、今だって俺を完全に操っているつもりでいるんだ。本間ならば、必ずや生の側に踏みとどまるであろうってね。でもね、モイパラシア、俺は今この瞬間、きみの墓の前で死んでやることだってできるんだ。そうしたら、このお話はどうなるだろう」

雪の積もった庭で、小さな石を前にして跪き、このようなことを考え続けていた本間であるが、モイパラシアに語りかけながら、アルタッドのことを話したらそろそろ室内に戻らなくては、とも考えていた。外は寒く、いつまでも黙禱《もくとう》を捧げているわけにもいかなかったのである。「それで、どうして俺は死んだりしないのかっていうと、一つにはアルタッドがいてくれるからなんだ。俺が死んだりしたら、アルタッドはまず間違いなく餓死してしまう。アルタッドは俺のことを友達だとは思っていないだろうけれど、それでも、餌をくれる優秀な何かとして俺のことを信頼してくれているんだ。俺の膝の上で眠ることだってあるからね。だから安心してほしい。アルタッド、それにアロポポルの面倒は、頼まれた通り、ちゃんと見るから。それに俺は、結局のところ書くことを諦めてないんだ。いつかこの先、きみの死について書くことだってあるかもしれない。きみの死を、話を展開させるために利用することだってあるかもしれない。そのときは、どうか俺を許してほしい。きみが安らかに眠っていることを祈る」

＊

一月末に大学院試験があり、本間は無事に一次試験を通過した。二次試験の面接で落とされることはほとんどないため、彼も一安心であった。春からの新生活に期待を抱いていたわけではないが、彼は、観念の汎濫《はんらん》に溺れゆく一方である現在の生活に、一応の区切りがつくのではないかと考え、安堵していた。

しかし、その一方で大いに落胆してもいた。これからは毎朝早い時間に起きなければならないし、アルタッドと触れ合う時間も大幅に減ることになる。せっかく大学を卒業したというのに、再び、修得単位、そして修士論文のことを考える日々が始まるのである。さりとて、友人たちのように会社で働くには、意志も能力も適性も欠いていたため、それは彼にとって唯一の考えられる生活であった。

だんだんと周りの友人たちの金回りが良くなっていくなか、本間の財布には月の初め以外に一万円札が入っていることはごく稀で、両親から借り込む形で手にしている生活費も、もっぱら彼自身の食費、酒代、それからアルタッドの餌代に費やされ、さらには週や曜日の概念も遥か以前に失われてしまっていた。

もしも、彼の家から一切の書物が盗まれ、彼の内奥からも書きたいという意志が抜き去られてしまったとしたら、たちまち彼の生活は小学生の夏休みのような様相を呈したことであろう。亡き祖父の家に転がり込み、家賃を払うこともなければ、アルバイトに出かけていくこともなく、申し訳程度の勉学とトカゲの世話をするだけの生活。これが小学生の生活ではなく、もうすぐ二十四歳になる男の生活だというのだから、彼自身も内心では驚いていたくらいである。

しかし、この一年弱――祖父の死から一年弱、モイパラシアの死からは八ヶ月と少し経っていた――、彼の生活がただただ気楽なものであったかと言えば、もちろんそんなことはなく、むしろその生活はとても息苦しいものであったと言えよう。「今こそ書かなくてはならない」と「まだまだ書いてはならない」が、入れ替わり立ち替わり頭のなかに姿を現し、絶えず強迫観念的に、「書け」と「書くな」、それぞれ正反対のことを命じ続けていたのである。

「今こそ書かなくてはならない」と「まだまだ書いてはならない」の交代は、季節の移り変わりのように緩慢に行われることもあれば、潮の満ち引きのように一日のうちに行われることもあった。朝、今日こそ書かなくてはならないという決意に胸を熱くするも、同じ日の昼には、書物など一冊も残さずに死ぬことを夢想する。そして夜も更ける頃になると、彼は布団のなかで小説の構想を練り始める。この一年間、こうした一日が幾度となく繰り返されていたのである。

書くことをめぐる問いは、実に多くの問いと複雑に絡み合っていて、一見すると無関係に思えるその問いとあの問いが、実はこの問いを介して繋がっていた、というようなことは多々あった。さらには、問いを解きほぐすと、一つの大きな問いの中から三つか四つの小さな問いが現れることもあり、誕生した問いはそれぞれ番《つが》いになり、またも新たな問いを産み落とし、幼い問いは産声《うぶごえ》をあげ、そうしてそれらの問いのすべてが、彼を書くことから遠ざけようとするのであった。

しかし、問いが多くなればなるほど、大きくなればなるほど、彼は自分のなかで書きたいという欲求が強まるのを感じていた。彼は、問いと対峙することでしか書くという行為は成り立たないのではないか、などと考えるようになっていたのである。

書くという行為が果てなき大海における航海のようなものであるとしたら、彼が待ち焦がれていたのは、自身をその海域へと運び去ってくれる一陣の風であった。不確かなものではあったが、自前の船、海図、方位磁針などは、すでに手中に収めているような、そんな気がしていたこともまた、ひとつの事実である。

*

三月初旬のある夕方、大学院試験の合格祝いということで亜希が本間の家を訪れた。亜希は駅前の洋菓子屋で買ってきたチーズケーキを食べながら、時おり、泡の生まれる瞬間を見ようとするかのようにじっと目を凝らしてから、シャンパングラスを口元に運んでいた。

三月に入り、長かった休暇の日々にも終わりが見えつつあった。本間は入学手続きを始めなければならなかったし、奨学金の申請についても考えなければならなかった。塾講師、あるいは家庭教師のアルバイトを探す必要もあり、彼は自分が急速に現実らしい現実——もう一つの現実、といった方が適当であるかもしれない——の方へと引き寄せられ、そうして絡めとられていくのを感じていた。

突然に気温が低下することはあったものの、季節は暖かな春への移り変わりのさなかにあり、アルタッドの食欲も以前の旺盛さを取り戻しつつあった。本間は四月になったらアロポポルを鉢植えから庭に植え替えるつもりであった。春になれば、アルタッドも日光浴を兼ねた散歩ができるようになり、アロポポルとの再会も容易になるからである。

「これ、前に見たいって言ってたやつ。昔描いた絵だよ」

ケーキを食べ終わった亜希が、そう言って鞄のなかから一枚の絵を取り出した。

亜希が見せた絵は、点描による色彩に富んだ抽象画であった。それぞれの点には細やかな動きがあり、注意深く見つめると、点でありながらも線を意識して描かれたことが分かる、運動の痕跡が表れていた。短いタッチで描かれることで生まれる点の躍動は、地殻変動によって生じる地割れのような跡を絵画全体に出現させており、画用紙はさながら極彩色の大地のようであった。

画用紙を埋め尽くす夥《おびただ》しい数の点は、彼女がこの絵に注ぎ込んだ時間の長さを物語っていて、一見すると無造作に散っているかのように思われるそれらの点は、全体の織り成すグラデーションによって、見る者に、それが明確な意図に基づいて打たれているということを理解させる。

「とてもいいと思う」

「学生時代はよかったな。今じゃ時間がね」

「俺もきみの絵のように書けたらな」

「開き直ってどんどん書いたらいいんじゃないの？」

「もう少しだけ待とうと思うんだ」

「待ち続けて、年取って死んだらどうするのよ」

「まったくもってその通りなんだけどさ、もうすぐだと思うんだよな、なんとなく。とは言っても、かれこれ一年くらいは待ち続けているわけだけど」

「はあ、高尚な悩みで羨ましいわ。私なんて昨日も残業してたのに。ザンギョウよ、ザンギョウ。本間君、ザンギョウしたことあるの？」

「いやいや、茶化さないでくれよ。これは難しい問題なんだよ。つまりね、ただ闇雲に書けばいいってもんじゃないんだよ。俺はね、あれか、これか、どちらかの間で選ぶことのできる自由よりも、これしかできないって言い切れるような自由が欲しいんだ」

「そんなの自由じゃないと思うけど」

「思うに、強《し》いられているっていう言葉は、それ自体では否定的なものではないはずなんだ。人は歓びによって強いられることもあるはずだから」

「よくわからないなあ」

「俺もわかってないのに喋ってるんだよ」

「もちろん好きにしたらいいと思うけど、三十歳、四十歳になっても本間君がこの家に住み続けていて、いつの間にかアルタッドも三十四、四十四に増えていたらって思うと、ぞっとするな。個人的に」

「すごく嫌だけど、不思議なくらい鮮明に想像できる」

「サボテンに囲まれた、トカゲ屋敷」

「そこの主人になるのか」

「トカゲが主人で、本間君は小間使い」

「気が重くなる」

「みんな結婚して家庭を持っているなか、一人だけトカゲの使用人に」

「いやいや、みんなもそんなにうまくはいかないだろう、この御時世」

「私もたぶんどこかの大金持ちと結婚していて」

「それこそそんなにうまくはいかないでしょ」

「昔の恋人はトカゲ屋敷の使用人になったが、私はどうにか幸せをつかみとり」

「もうそれで俺の代わりに小説書いてくれよ。怪奇小説でも童話でもいいから」

そう言うと、本間はシャンパンを一口飲んだが、やつれた三十七歳の自分が、両肩にトカゲを載せ、窓辺で一人佇んでいる光景を想像してしまい、あわや噴き出すところであった。

突然、亜希は何かを思いついたかのように立ち上がり、鞄のなかを漁《あさ》ると、何本かのペンを取り出した。

「よし、決めた。今日は点描だ」

そう言って亜希は本間にペンを手渡した。

「なんでそうなるのさ。点描なんてやったことないよ」

「さっき、きみの絵のように書けたらな、って言ったでしょ」

「言った」

「今日は私と絵を描いて、明日からは自分の小説を書く」

「信じ難いほどにいいひとだな」

残っていたシャンパンを飲み干してから、二人は二階に上がり、鉛筆と画用紙のある部屋——書き物机、ベッド、アルタッドのケージ、それからアロポポルの鉢植えが置かれた、本間が自室と呼んでいる部屋——に入った。

亜希は机に大きめの画用紙を広げ、デッサン用の鉛筆を握った。「描くなら何がいい?」という問いかけに対して、本間はすぐに「アルタッドを描こう」と答えた。

アルタッドは部屋で放し飼いにされていて、二人がアルタッドを描こうと思い立ったときには、いつも通りアロポポルの鉢の周りを巡回している最中であった。本間はアルタッドをアロポポルに登らせてから、亜希に言った。

「このサボテン、まだ花は咲かないけれど、てっぺんに咲いた花にアルタッドが鶏冠を擦りつけている場面を描いてくれないかな。メスに求愛するため、鶏冠を花粉で飾りつける習性を持っているんだ。ほら今だって練習してるだろ? この光景を花と一緒に描いてほしいんだ。花は想像して好きに描いてくれればいいから」

アロポポルとアルタッドをしばらく観察してから、亜希は言った。

「花は適当でいいんだね。頑張ってみる」

亜希は、机に向かうや否や真剣な顔つきになり、さっそく下絵に取りかかった。彼女は躊躇《ちゅうちょ》することなく次々と線を引いていった。アルタッドのからだの輪郭がゆっくりと画用紙に現れる。

亜希の鉛筆の下で生まれつつあるアルタッドは、六角柱のようにそびえ立つアロポポルのてっぺんで、三十枚ほどの花弁をもつ花に、立派な鶏冠を擦りつけている。下を向き、鶏冠に花粉をつけようとしながらも、他のオスや天敵である鳥に対する警戒は怠っていないようで、目からは鋭い眼光が放たれ、薄く開かれた口の中からは三角形をした歯が覗いている。アルタッドはアロポポルをぎゅっと抱き締め、爪を食い込ませるようにして、そこから落下することを防いでいる。

亜希は出来上がった下絵を床に広げると、彼女自身も床に寝そべった。

本間も亜希の隣に寝そべり、渡されたペンのキャップを外した。

「描きながら教えるね」

亜希はアルタッドの下絵に点を打っていった。アルタッドのからだには少しずつ光と影の部分が生まれ、皮膚の質感が露わになっていった。亜希が光源の位置を決めると、アルタッドはそこから照射される光を浴びながら、自らをこの世界に生み出すかのようにして、画用紙の表面へと現れ出る。

「最初に光を当てる向きを決めるの。それからね、こうやって点の量を調整することで、だんだん立体的なものにしていくの。凹凸だったり、起伏だったり、そういう細かいところをよく見ながらね。その後は、もう点を打つことに没頭するだけ。自《おの》ずと手は動いていくから」

亜希が際立たせたおおよその模様をもとに本間は点を打ち、小さな鱗を描き足していく。亜希の打つ点に導かれるようにして、彼はアルタッドの真っ白なからだを点で満たしていく。彼はアルタッドの皮膚の質感をよく知っていたし、亜希は彼の進むべき道を照らすようにして点を打ってくれた。亜希は、いくつもの面によって構成されるアルタッドのからだを、表面的な硬さの裏に隠れた柔らかな印象を殺すことなく、丁寧に描き出していった。

二人は隣り合って腹ばいになり、話を交えながら点を打ち続けていた。とても静かな夜だった。部屋には二人のペン先が立てる小さな音だけが響いていた。亜希の打つ点が形作る、模様や陰影のニュアンスを見落とさないように気をつけながら、本間は慎重に点を打っていく。亜希も彼の打つ点に応ずるようにして、絶えず細かい修正を試みる。

細かい点を打ち続けることで限定される視界と、互いの動作に即座に反応しなければならない作業の性質によって、彼は、自分と亜希のからだを隔てている、境界の存在を忘れてしまうことがあった。彼は、ペン先やペンを持つ手が触れる瞬間、亜希のからだの存在を、まるで思い出すかのようにして意識するのであった。

共同作業は二人を穏やかな親密さで包んでいた。二人は紙面を媒介《ばいかい》にして、再び出会い直しているかのようだった。それぞれのからだの輪郭さえもが融け合い曖昧になっていくような、淡い暖色を感じさせる時間が流れていた。二人は画用紙に星屑を散らし、銀河を一から創りあげるようにして、一枚の点描画を描いていく。

本間は、自分の打つ点が、ペン先でも画用紙でもなく、それらの間に生じることに心を奪われていた。握り締めているペンでもなく、素材としての画用紙でもなく、言わばその中間に浮かび上がるようにして点が生まれ落ちる、その一瞬を、彼は極度の集中力を保ちながら見つめていた。自分の担当している部分であるアルタッドの右前足に点を打ちながら、彼は一本の小さな足を通って画用紙のなかにのめり込んでいく。

無数の点によって生み出された一枚の鱗を何十枚と組み合わせることで、からだ全体を丁寧に構成しなければならない。細かく手を震わせ、一定の速度を保ち、矢継《やつ》ぎ早《ばや》に点を打ちながらも、一つひとつの点にそれが打たれる必然性を要求すること。その作業は、文章を書くことでは得られなかった高揚を彼にもたらしていた。

描き始めた当初は、アルタッドの絵を描いて部屋に飾ろうと考えていただけであったが、アロポポルの頂で生の絶頂を迎えているかのような、アルタッドの凜々《りり》しい姿を描いているうちに、本間の内奥では、点を打ち、絵画を構成していく快楽とは別種の熱――それは快楽というよりも、彼の求めてやまない歓喜や恍惚にずっと近いような感覚であった――が生まれつつあった。時おり隣で点を打っている亜希の腕に当たり、我に返るのであるが、それでも着実に、彼は何か得体の知れぬ熱源の方へと引き寄せられていくのであった。

手足の筋肉の盛り上がり方であったり、鱗が構成している背中の模様であったり、そういったものを精緻《せいち》に再現していくことで得られる達成感も大きかったが、それを遥かに超える、より純化された価値のようなものを、彼は点を打つ行為のうちに見出していた。草原の真ん中に小屋を建て、朝から晩まで点を打ち続ける生活を六十歳になるまで続けたいと、本気で考えていたくらいである。

亜希のペン先が彼のペン先に近づいてくる。亜希は本間が打った点の上に重ねて点を打ち、濃淡を強調し、陰影をはっきりさせてくれる。それから彼女のペン先はいよいよ鶏冠の方へと向かう。細かく点を打ちながら、本間は彼女のペン先についていく。

アルタッドの鶏冠の斑点模様と、そこに付着するアロポポルの花粉を描き分けることは難しいように思われたため、本間はアルタッドを亜希に任せ、自分はアロポポルの花弁を担当することに決めた。二人はすでに言葉を交わしていなかった。それぞれの打つ点、そして画用紙と床を通して伝わってくる微《かす》かな振動によって、互いに意思の疎通が図れていたのである。亜希との奇妙な合一体験のさなか、本間はこの一致の感覚こそが歓びの熱源なのではないかと考える。

点を打たれるたびにアルタッドのからだは生彩を増していく。アロポポルの頂で、アルタッドは炎のような鶏冠を誇らしげに振り立てている。その光景はまるで、石柱のてっぺんに火が灯っているかのようである。自らの命を燃やすようにして声なき歌を歌っている、絵のなかのアルタッドを見つめながら、本間は、自分がおそらくは実現されることのない光景を描いていることを思い出し、胸の締めつけられるような思いを味わう。

　生長速度は極めて速いものの、アロポポルが花を咲かせるまでには十年から数十年の時を要するため、長くとも十年ほどしか生きられないアルタッドは、花を見ることなく死んでしまう可能性の方が高いのである。二人が点描に夢中になっているこの瞬間も、アルタッドはアロポポルの頂に鶏冠を擦りつけたり、深緑色の表皮を舐めたりしているが、画用紙に描かれているのは、実現される見込みの薄い邂逅《かいこう》を果たしている、言わばもう一匹のアルタッドであった。さらには、仮にアルタッドが長生きをして、アロポポルも早くに花を咲かせ、運良く両者の邂逅が実現したとしても、アルタッドが求愛することのできるメスのトカゲは、この世界には一匹たりとも存在しないのであった。

　本間は、自身が望んでいたように、内なる歓びに身を委ねながら点を打ち続けていたが、自分が画用紙の上に出現させようとしている光景が、アルタッドには訪れないかもしれない至上の瞬間であることを意識し始めてからは、アルタッドへの情愛を注ぎ込むようにして、より真剣に一枚一枚の花びらに点を打つようになった。

物語を流産させ、原稿を庭に埋めてしまったことで、死んでしまったモイパラシア本人はともかく、モイパラシアの飼っていたアルタッド、そして少年から託されたアロポポルは、それぞれひとりぼっちになってしまった。亜希との間にある隔たりは、今回の点描のように、時おり――実際に乗り越えられたかどうかはともかく――乗り越えられたと強く信じられるような瞬間が訪れるのであるが、アルタッドとの間にある隔たりはいつまでも越え得ぬままであった。

物語から生まれてきたというのに、アルタッドは作者である本間よりも早く死を迎えることになる。本間が書くということについて悩み、書物を残すか否か、この世界の表面にちょっとしたインクの染みを残してから死ぬのか、それとも沈黙を守り、汚らわしいものは何一つ残さずに消え去るのか、いつまでも決めかねているあいだに、アルタッドは誰にも知られぬまま、ひっそりと死ぬであろう。

本間はアルタッドがこの世界に生きていた証《あかし》を刻むようにして画用紙に点を打った。生きていた証など残さず、ただの一語も発することなくその生を終えること。それがアルタッドの美しさでもあったが、本間は、アルタッドの生きた証を、アルタッドのためというより、むしろ自分のために刻んでいたのである。アルタッドを宙ぶらりんの存在にしてしまったのが他ならぬ自分である以上、せめてこの胸にはアルタッドの存在を深く刻み込まなくてはならない、そう考えた本間は、画用紙ではなく自分の心にアルタッドの姿を描くようにして、一生懸命に点を打ち続けた。

真夜中、とうとうアルタッドの点描画は完成した。

「よし、これでいいね」

そう言ってペンを置くと、亜希は寝転んだまま伸びをした。

いつの間にか日付が変わっていた。没頭していた最中には気づかなかったが、随分と目を酷使していたようで、画用紙から顔を上げた途端、本間は目を開けているのも辛いほどの疲労を感じた。彼はまばたきを繰り返し、少しだけ涙を流してから、再び亜希の隣に寝そべった。

作品が完成する瞬間とは不思議なもので、ある点を打ったとき、本間は、あと一つでも多く打ったら嘘をついたことになってしまうと思い、点を打つのをぴたりとやめてしまったのであるが、するとその瞬間、亜希も彼の判断に同意するかのようにして、点を打つのをぴたりとやめたのである。

本間は、何らかの野心が顔を覗かせるよりも早くペンを手放せたことが嬉しかった。自身の奥底で揺れている、死と歓喜が混じり合った水。彼は遂に、歓喜の色合いが最も鮮やかな瞬間にその水を汲み上げ、紙面に合流させることに成功したように思えた。

アルタッドの点描画はもちろん、「ねえ、なぜ僕は生きていかなければいけないの？」という問いかけに対する答えには成り得なかった。瞬く間に流れ去っていく歓喜の存在、瞬間的な生の高揚を、紙の表面に擦りつけただけであり、描き終えた後は、新たに問いを背負い直し、再び死の方へと歩き始めなければならない。

しかし、生きていればこういうこともある、ということを確かめられただけでも彼には十分であった。純然たる歓喜が自分の奥底にある綻《ほころ》びから迸《ほとばし》り出てきた瞬間、彼は、抱えている問いと共に燃え上がるような感覚を味わったのである。

各々が各々において問いを持続させ、それに答え続ける、あるいは答えようとし続ける、それは途方もない営みであろう。しかし、ある瞬間に突然、それまでの一切が繋がり、凍りついた問いの外殻が水音を立てながら氷解し、熱を孕んだ問いそのものがそこに立ち現れることがある。亜希と一緒にアルタッドを描きながら本間が立ち会っていたのは、まさにそうした瞬間であった。問いを自分の方へと引き摺り下ろそうとするのではなく、問いが自然と溶けていく瞬間に立ち会うこと。問いを燃え上がらせるだけではなく、問いの中に己が身を没入させ、問いと共に燃え上がること。歓びを真に享受すること。持続と歓喜を一致させること。

本間は、物語と物語の隙間に滑り込んでしまった迷子たちを再び物語のなかに帰してやるためにも、今度こそ小説を書き上げようと決心した。

亜希は、画用紙を持って立ち上がり、完成した点描画をアルタッドに見せようとしたのであるが、アルタッドは、彼女の方にちらりと視線を走らせると、すぐに目を瞑り、アロポポルにしがみついたまま眠り始めてしまった。

アルタッドのまるで興味のなさそうな様子を見て、二人は笑った。

初出　「文藝」二〇一四年冬季号

金子薫
KANEKO KAORU
★
一九九〇年、神奈川県生まれ。
慶應義塾大学文学部仏文学専攻卒業。同大学大学院文学研究科仏文学専攻に在籍。
二〇一四年、本作で第五一回文藝賞を受賞しデビュー。

アルタッドに捧《ささ》ぐ

★

二〇一四年一一月二〇日 初版印刷
二〇一四年一一月三〇日 初版発行

著者★金子薫

装幀★鈴木成一デザイン室

装画★ササキエイコ

発行者★小野寺優

発行所★株式会社河出書房新社
東京都渋谷区千駄ヶ谷二-三二-二
電話★〇三-三四〇四-一二〇一［営業］〇三-三四〇四-八六一一［編集］
http://www.kawade.co.jp/

組版★株式会社キャップス

印刷★大日本印刷株式会社

製本★小泉製本株式会社

Printed in Japan
落丁本・乱丁本はお取り替えいたします

ISBN978-4-309-02337-3